陶謝詩選評注

侶署

王建生 著

自序

開「陶謝詩」課已有十幾年了，最早，我用丁福保的《陶淵明詩箋注》（台北：藝文印書館，西元一九八九年本），及黃節《謝康樂詩註》（台北：藝文印書館，西元一九八七年本）。後來覺得這兩本搜集的資料不夠豐富，所以自己選定陶、謝詩原作分別打字，作成《陶謝詩講義》。由於打字檔案遺失，想修定內容有困難，所以就請我當時研究助理謝明輝先生（現為中山大學博士班研究生）幫我重打，仍稱《陶謝詩講義》。

漸漸地覺得光看原文提供給學生參考閱讀的空間十分有限，所以在前年（西元二〇〇六年）請二位教學助理劉慧婷（今為東海大學中文碩士班研究生）、張惠嵐（今為中正大學碩士班研究生）同學重新打字，並補充許多陶謝詩相關資料。書中除緒論、陶謝傳記外，就原詩、注釋、詩評選輯、案語（個人看法）說明。不過，後人對謝靈運單篇詩評部分，資料少，所以「詩評選輯」這個部分全放在「附：其他謝靈運詩選」之後。書末亦載有引用《參考書目》，給讀者參考。如此提供陶謝更多相關資料，讓有興趣研究陶謝詩的朋友有入門的途徑，也有可供研究的空間。

陶淵明（西元三六五~四二七），生於晉末劉宋初年，雖然曾祖父陶侃（西元二五九~三二四）為東晉名臣，自己遭逢亂世，不慣官場生活，寧可歸隱田園而不願與熱官為伍，過著恬淡的生活。謝靈運（西元三八五~四三三），生長在劉宋時期，雖然是東晉重臣謝玄（西元三四三~三八八）之後，由於個性倨傲，為官多稱疾不朝。結交劉義真，受義真賞識，而義真未能掌握政權，以致靈運仕宦，時起時伏，終至棄市，悲劇下場。

陶淵明受儒家思想影響，重視人本，安貧樂道。也受魏晉玄學影響，任真自得，詩中以農耕、田園、飲酒等為主題，表達作者人生態度，亦反映動蕩社會，知識分子應有志節，以見靖節先生風骨。謝靈運遊歷山水，於「漢魏之外，別開蹊徑」，開創山水詩派，山水詩不再其他詩篇附庸，成為山水詩派之祖。其詩篇往往表現記遊→寫景→興情→悟理，所謂山水詩托玄言尾巴，實則靈運已獨立山水詩，玄言不過當時風尚而已。

陶謝二位，詩中內容有所不同，任真自得，抒發真性則同，所謂「田園」、「山水」詩人之宗，有其本然。

茲就平日教學詩篇，搜集資料、教學所得，將詩中意思一一疏導，雖已盡力，不足之處仍然不免，尚請高明指正。

最後，感謝秀威資訊科技公司協助出版。

王建生　大度山
二〇〇八年七月

目錄

一、陶淵明・緒論

陶淵明是中國文學史上最優秀的詩人之一。他生於晉安帝興寧三年至宋文帝元嘉四年（西元三六五~四二七），年六十三。不過，據龔斌的講法，他生於東晉廢帝太和四年（西元三六九～龔斌《陶淵明集校箋》，下引同，簡稱《校箋》上海古籍），卒於宋文帝元嘉四年（四二七），年五十九。

有關他的世系，在〈命子〉篇云：「悠悠我祖，爰自陶唐。邈為虞賓，歷世重光。御龍勤夏，豕韋翼商。」（《陶淵明集校箋》卷一）。可知遠祖自陶唐氏，虞舜時，有丹朱及庶子九人，後，奉堯之祀於陶丘，世業豢龍。夏時，夏帝孔甲賜姓御龍氏。商朝武丁，封於豕韋。

漢有功臣陶舍，丞相陶青，皆淵明遠祖。到晉朝，曾祖父陶侃（西元二五九~三三四）為東晉重臣，封長沙郡公，進贈大司馬，祖父陶茂（約西元三三二~三八六），為武昌太守。父親陶敏（梁啟超《陶淵明》作父某，台灣商務。約西元三四七~四一八），或為安成太守。

而淵明有子五：儼（舒）、俟（宣）、份（雍）、佚（端）、佟（通）。梁啟超云：「先生諸子，皆有兩名也。先生蓋亦爾爾，淵明其名，而潛其小名歟？」（《陶淵明》，頁四十二），應當是合理的推測。而淵明前妻有王氏、陳氏、程氏之說，續娶為翟氏。

淵明出生後，家道日衰，在〈自祭文〉云：「自余為人，逢運之貧，簞瓢屢罄，絺（細麻布）綌（粗麻布）冬陳。」（《陶淵明集校箋》卷七）可為貧困生活的寫照。在〈始作鎮軍參軍經曲阿〉云：「弱齡寄事外，委懷在琴書。被褐欣自得，屢空常晏如。」（《校箋》卷三）。又在〈自祭文〉有：「春秋代謝，有務中園，載耘載耔，迺育迺繁」（卷七），說明自己親自耕作的辛勤。又說：「欣以素牘，和以七弦，冬曝其日，夏濯其泉。勤靡餘勞，心有常閑。樂天委分，以至百年」（卷七）。吐露安貧樂道的生活。甚至到晚年，有〈乞食詩〉云：「飢來驅我去，不知竟何之」（《校箋》卷二）為饑餓乞食悲慘的命運。

從小，淵明受儒家思想影響，在〈飲酒詩〉說：「少年罕人事，游好在六經。」（《校箋》卷三）。「六經」指《詩》、《書》、《易》、《禮》、《樂》、《春秋》。都是儒家經典書籍。在〈始作鎮軍參軍經曲阿〉云：「弱齡寄事外，委懷在琴書。」（《校箋》卷三），可知青少年時，淵明寄懷於音樂與古典書籍。在〈與子儼等疏〉云：「少而窮苦」，「少學琴書，偶愛閑靜，開卷有得，便欣然忘食。」（《校箋》卷七）綜合來看，可知淵明自幼愛好古代儒家經典，甚至欣然忘食的求學精神。

因為受儒家思想影響，表現積極進取的人生態度。在〈雜詩〉有：「憶我少壯時，無樂自欣豫。猛志溢四海，騫翮思遠翥。」（《校箋》卷四）表現積極勇為，遠志高飛的精神。在〈擬古詩〉也有：「少時壯且厲，撫劍獨行遊；誰言行遊近，張掖至幽州。」（《校箋》卷四）壯遊至張掖、幽州，顯現豪邁精神。

另一方面說，淵明也受到魏晉時期玄學風氣影響，崇尚自然。在〈歸園田居〉有：「少無適俗韻，性本愛丘山。」又「久在樊籠裡，復得返自然。」（《校箋》卷二）流露喜好自然的個性。淵明三十八歲辭官時作〈歸去來兮辭〉，在〈序〉中云：「質性自然，非矯厲所得。飢凍雖切，違己交病。」（《校箋》卷五）亦說明質性自然的個性。也因此產生順其自然的人生觀。因此在詩篇中往往表現回歸自然的想法。

淵明在晉孝武帝太元二十一年（西元三九六）二十八歲（一般說法，則為三十二歲），初仕江州祭酒，不久辭官。以後，任桓玄僚屬，對抗把持朝政的司馬道子父子（孝武帝起用胞弟司馬道子。謝玄、謝石相繼辭世，大權落在司馬道子。）、王珣等人，桓玄在西楚，舉兵討伐司馬道子父子，和剿滅孫恩，藉此攏絡人心，以為勤王。後來桓玄篡晉，為淵明未曾料及。以後劉裕舉兵討桓玄，影響淵明重新出仕。〈始作鎮軍參軍經曲阿〉「時來苟冥會，宛轡憩通衢。投策命晨裝，暫與園田疏。」（《校箋》卷三）反映淵明初為鎮軍參軍劉裕幕僚，使有終反故廬的心情。以後，淵明又為劉敬宣建威參軍，三十八歲為彭澤令，在官僅八十餘日，即解印綬賦〈歸去來兮辭〉。此後，過著平淡的田園生活。《詩集》裡包括〈歸園田居〉等詩，多處記載田園生活作品。

與其說淵明恬淡的田園生活，不如說他「安貧樂道」。在詩集裏，有〈詠貧士〉七首（《校箋》卷四），他舉的古代賢士包括：榮啟期、原憲、黔婁、袁安、阮公、張仲蔚、黃子廉等，一方面是崇拜的對象，一方面藉以自況。在淵明詩集中，他又推崇伯夷、叔齊、伯牙、鍾子期、長沮、桀溺、荷篠翁、顏回、商山四皓、張摯、疏廣、疏受、楊倫等人，可知他的心向在於「安貧」。對於古代聖賢，也在詩篇中提及。如〈榮木〉詩云：「先師遺訓，余豈云墜？」（《校箋》卷一）。在〈癸卯歲始春懷古田舍〉詩云：「先師有遺訓，憂道不憂貧。」（《校箋》卷三）在〈詠貧士〉詩亦有：「朝與仁義生，夕死復何求。」（《校箋》卷四）。與《論語・里仁》篇云：「朝聞道，夕死可矣。」（《新論諸子集成》，台灣世界書局）意思同。也因此，在他的詩篇中，安貧樂道是他吟詠的重要內容。如〈飲酒詩〉第二首：「不賴固窮節，百世誰當傳。」，第十六首：「竟抱固窮節，飢寒飽所更。」（《校箋》卷三）。

此外，淵明也以農耕為主題，如〈歸園田居〉詩：「種豆南山下，草盛豆苗稀。晨興理荒穢，帶月荷鋤歸。道狹草木長，夕露沾我衣，衣沾不足惜，但使願無違。」（《校箋》卷三）又在〈庚戌歲九月中於西田獲早稻〉詩云：「開春理常業，歲功聊可觀。晨出肆微勤，日入負耒還。」「但願常如此，躬耕非所歎。（《校箋》卷三）」。都在講自己耕作的生活。

淵明也關心生死主題（參袁行霈《陶淵明研究・陶詩主題的創新》，北京大學出版）。魏晉時，曹操〈短歌行〉云：「對酒當歌，人生幾何？譬如朝露，去日苦多。」（《樂府詩集》卷三十，台灣商務四部叢刊）、曹植〈薤露行〉云：「天地無窮極，陰陽轉相因。人居一世間，忽若風吹塵。」（《曹子建集》卷六，商務四部叢刊）。在阮籍〈詠懷詩〉有：「人生若塵露，天道竟（一作邈）悠悠。」（黃節《阮步兵詠懷詩注》其三十二，藝文）感慨人生如寄。而淵明面對短暫的人生，卻能抱持「縱浪大化中，不喜亦不懼。應盡便須盡，無復獨多慮。」（《校箋・形影神・神釋》卷二）的態度。

至於淵明詩最重要的精神，在於人本。在〈五柳先生傳〉說自己「不戚戚於貧賤，不汲汲於富貴」，任真自得做人的本質。歷來對淵明詩的探究，梁啟超認為陶淵明的思想與人格，說他是一位「極熱烈、極有豪氣的人」，「纏綿多情的人」、「極嚴正－道德責任心極重」（《陶淵明》，台灣商務）。其實，淵明從人倫為基礎，而後逐漸推展關懷社會。如他的「試攜子姪輩，披榛步荒墟」（《校箋》卷二，〈歸園田居〉）。「命室攜童弱，良日登遠遊。」（《校箋》卷二，〈酬劉柴桑〉）「弱子戲我側，學語未成音」（《校箋》卷二，〈和郭主簿〉）。又，〈責子詩〉：「雖有五男兒，總不好紙筆。阿舒已二八……阿宣行志學……」（《校箋》卷七）等等詩篇，對於人倫親情流露情感，還有〈與子儼等疏〉：「告儼、俟、份、佚、佟」（《校箋》卷五），純乎自然。至於鄰里世人，在〈歸去來兮辭〉說的「悅親戚之情話」（《校箋》卷五），正如〈移居〉詩有：「春秋多佳日，登高賦新詩。過門更相呼，有酒斟酌之。」（《校箋》卷二）。在〈雜詩〉有：「落地為兄弟，何必骨肉親」（《校箋》卷四）。等等表現陶淵明關懷世人的情懷。

江淹在《雜詩》三十首，已將陶詩置于五言詩發展史中加以審視。或許受江淹的啟發，鍾嶸第一次真正以「史」的眼光對陶詩加以觀照。（參劉中文《唐代陶淵明接受研究》中國社會科學出版）。而淵明詩的源流，據鍾嶸《詩品・宋徵士陶潛詩》云：「其源出於應璩，又協左思風力。文體省淨，殆無長語。篤意真古，辭興婉愜。每觀其人，想其人德，世歎其質直。至如「歡言酌春酒」，「日暮天無雲」，風華清靡，豈直為田家語邪！古今隱逸詩人之宗也。（《詩品》卷中，藝文。）鍾嶸列陶詩為中品（上品十一人，中品三十九人，下品七十二人）。有關鍾嶸評淵明詩源出應璩，今人王叔岷教授將二人詩歌分成體裁、詞句、命題三方面論述，認為二人關係「昭晰」（《陶淵明詩箋證稿》頁五二七，中研院）又協左思風力，予以探討。認為「鍾氏於『質直』之外，復稱陶詩之『風力』及『風華清靡』，而列之中品。是其於陶詩之了解，已遠邁流俗多。應璩詩『善為古語』，兼有『華靡』之篇，而缺少『風力』之作，左思詩以『風力』勝，而缺乏『質直』、『華靡』之製，陶公三體具備，兼應、左二人之長，鍾氏列應詩於中品，左思於上品，何不列陶詩於上品？蓋陶詩畢竟『質直』類較多，而『質直』之詩，又非齊梁時所尚也。」（《陶淵明詩箋稿》，頁五三五）論述極為精詳。

昭明太子蕭統，是淵明第一位文章知己，他編寫第一本《陶淵明集》，也為陶淵明立傳。在《文選》稱陶淵明「文章不群，辭采精拔，跌蕩昭章，獨起眾類，抑揚爽朗，莫之與京。」（《昭明文選》卷四，四部叢刊），表達陶詩精神。蘇軾稱陶詩「質而實綺，癯而實腴。」（〈與蘇轍書〉），焦竑〈陶靖節先生集序〉云：「余觀漢魏以逮六朝，作者蝟起，能道其中之所欲言者，阮步兵、左太沖、張景陽、陶靖節四人而已。」（明萬曆焦竑影刻本）至於陶集，從蕭統到北齊陽休之，陶集只有四種，到北宋已有數十家。由於宋代印刷術發明，私家所藏集本和評注，紛紛付梓，不同版本的集子就更多了。

大體說來，陶詩分成有：田園、詠懷、行役、贈答、詠史五類詩，以任真自得心境抒寫詩篇，其作品有如豪華落盡的朴素，經久耐讀，令人喜愛。

二、陶淵明詩選評注

形影神（一）三首并序

貴賤賢愚。莫不（二）營營以惜生。斯甚惑焉。故極陳形影之苦。言神辨自然以釋之（三）。好事君子。共取其心焉。

形贈影

天地長不沒，山川無改時。草木得常理，霜露榮悴之（四）。謂人最靈智，獨復不如茲。適見在山中，奄（五）去靡歸期。奚覺無一人，親識豈相思。但餘平生物，舉目情悽洏（六）。我無騰化術（七），必爾（八）不復疑。願君（九）取吾言，得酒莫苟辭（十）。

影答形

存生（十一）不可言，衛生（十二）每苦拙。誠願游崑華（十三），邈然茲道絕。與子相遇來，未嘗異悲悅（十四）。憩蔭若暫乖（十五），止日終不別。此同既難常（十六），黯爾俱時滅（十七）。身沒名亦盡，念之五情（十八）熱。立善有遺愛（十九），胡可不自竭。酒云能消憂，方此詎不劣。

神釋

大鈞[二十]無私力，萬物自森著。人為三才[二十一]中，豈不以我[二十二]故。與名雖異物，生而相依附。結託善惡同，安得不相語。三皇[二十三]大聖人，今復在何處。彭祖[二十四]愛永年，欲留不得住。老少同一死，賢愚無復數。日醉或能忘，將非促齡具[二十五]。立善常所欲，誰當為汝譽[二十六]。甚念傷吾生，正宜委運[二十七]去。縱浪大化[二十八]中，不喜亦不懼。應盡便須盡，無復獨多慮。

【注釋】

（一）形影神：指形體、影子和精神。據《弘明集》卷五，慧遠於元興三年（西元四〇四）作〈沙門不敬王者論〉，其第五篇為〈形盡神不滅論〉。義熙八年（西元四一二），又立佛影，作〈萬佛影銘〉曰：「廓矣大象，理玄無名，體神入化，落影離形。」表明形、影、神三者的關係。（參龔斌《陶淵明集校箋》卷二）。淵明與慧遠雖為方外交，終因思想見解不同而不入蓮社。

（二）「莫不」：古直《陶靖節詩箋》卷二引《列子・天瑞》：吾又安知營營而求生非惑乎？（廣文）

（三）「言神辨」句：謂神辨析自然之理向形影作解釋。

（四）「霜露」句：言草木承露而榮，經霜而悴。悴，同瘁，枯萎也。

（五）奄：忽然；突然。

（六）洏：流悌貌。或言語助詞，同「而」。（袁行霈《陶淵明及箋注》卷二，中華書局。）

（七）騰化術：成仙術。

（八）必爾：必然如此。

（九）君：指影。吾：形自稱。

（十）苟：《經傳釋詞》：「苟，且也。」莫苟辭，即且莫辭。

（十一）存生：《莊子、達生》：「世之人以為養形足以存生，而養形果不足以存生，則世奚足為哉！」

（十二）衛生：衛護其生，以全此一生。《莊子、庚桑楚》：「趎願聞衛生之經而已矣。」陸德明《釋文》：「『衛生』，李云：『防衛其生，令合道也。』」謝靈運〈還舊園作，見顏范二中書詩〉：「衛生自有經，息陰謝所牽。」（李運富編注《謝靈運集》，頁七九，岳麓書社）

（十三）崑華：崑崙山和華山，為學道成仙之地。

（十四）「與子」二句：謂形影相依，悲悅之情彼此相同。

（十五）「憩蔭」句：休息在樹蔭下，形影好像暫時分開。（下句，太陽下，行影不分別）

（十六）「此同」句：謂形既必然消滅，則形影「止日終不別」的關係也難存。

（十七）「黯爾」句：《淮南子、俶真訓》高誘注：「道家養形養神，皆以壽終，形神俱沒。」黯爾，黯然失色貌。

（十八）五情：指喜、怒、哀、樂、怨。

（十九）遺愛：謂留恩惠於後世。

（二十）大鈞：指天地造化。賈誼〈鵩鳥賦〉：「大鈞播物。」無私力：言造化至公，無所偏私。

（二十一）三才：天、地、人。《易、說卦》：「是以立天之道曰陰與陽，立地之道曰柔與剛，立人之道曰仁與義。兼三才而兩之，故易六畫而成卦。」

（二十二）我：神自稱。

（二十三）三皇：指伏羲、神農、燧人（見《白虎通義》），古代傳說中的三位帝王。

（二十四）彭祖：傳說中古代高壽之人，王叔岷《列仙傳校箋》：「彭祖，『姓籛，諱鏗』，『帝顓頊之孫』，『歷夏至殷之末，八百餘歲』。『常食桂芝，善導引行氣。』」（中央研究院文哲研究所中國文哲專刊）。愛永年，《楚辭、天問》：「彭鏗斟雉，帝何饗？」王逸注：「彭鏗，彭祖也，至八百歲，猶自悔不壽。」（古直《陶靖節詩箋》引，廣文）

（二十五）促齡具：指酒。嵇康〈養生論〉：「滋味煎其腑臟，醴醪鬻其腸胃。」此即淵明所說的酒為促齡具。陳寅恪曰：「此駁形『得酒莫苟辭』之語，意謂主舊自然說者沉湎于酒，欲以全生，豈知其反傷生也。」

（二十六）「誰當」句：道家主無名無譽，立善雖所欲，但非為名而求善。

（二十七）委運：任其自然之意。

（二十八）大化：此指宇宙及自然之變化。李公煥箋註《陶淵明集》引鶴林曰：縱浪大化中四句是不以死生、禍福動其心，泰然委順養神之道也。淵明可謂知道之士矣。（中央圖書館）

【詩評選輯】

1. 宋・葉夢得《玉澗雜書》云：

陶淵明作形影相贈與神釋之詩，自謂世俗惑於惜生，故極陳形影苦，而釋以神之自然。〈形贈影〉曰：「願君取吾言，得酒莫苟辭。」〈影贈形〉曰：「立善有遺愛，胡為不自竭？」形累於養而欲飲，影役於名而求善，皆惜生之弊也，故神釋之曰：「日醉或能忘，將非遐齡具！」所以辨養之累。曰：「立善常所忻，誰當為我譽？」所以解名之役。雖得之矣，然所致意者，僅在遐齡與無譽。不知飲酒而得壽，為善而皆見知，則神亦將汲汲而從之乎？似未能盡了也。是以極其知，不過「縱浪大化中，不喜亦不懼，應盡便須盡，無復獨多慮」，謂之神之自然耳。此釋氏所謂斷常見也。此公天姿超邁，真能達生而遺世，不但詩人之辭，使其聞道而達一關，則其言豈止如斯而已乎？

2. 清・蔣薰評《陶淵明詩集》卷二：

影隨形，形依人，形影腐化，神為最靈，物得其理，人立其善。三皇彭祖，壽不常在，能忘喜懼，乃返自然，應盡須盡，故是無盡。

3. 清・吳菘《論陶》：

《形贈影》首四句言天地山川，長存不改，草木常物，故爾榮悴。人為最靈，胡為亦同草木，而不能如天地山川乎？草木與人對照，得常理與最靈知對照。茲字指天地山川。「適見在世中」以下，形極陳其苦也。「我無騰化術，必爾不復疑」，形以不能長存翻怨到影，想頭奇絕。結言既不能騰化，不如飲酒，乃無聊之極思。

案：本詩在《陶淵明詩集》卷二。是純粹說理的哲理詩。作者以「形」、「影」、「神」三者互相質疑酬唱方式，找出最後答案。這種文字，在淵明之前已有很多人用過，不過這三首詩，引《莊子》、《列子》之語多。「形」、「影」、「神」分別指人之形體、身影、精神。形影神三者關係，王叔岷《陶淵明詩箋證稿》卷二引太史公〈自序〉：「凡人所生者，神也。所託者，形也。……神者，生知本也。形者，生之具也。」（藝文）詩中通過形、影、神三者的對話，表達作者與慧遠等佛教徒不同的想法。大約作於晉安帝義熙九年（四一三）淵明六十二歲時。這組詩是有感於廬山高僧慧遠〈形盡神不滅論〉和〈萬佛影銘〉而發，兼及道教長生之說。丁福保《陶淵明詩箋注》卷二〈形贈影〉引何焯云：「此篇言百年同盡，此形必不可恃，當及時行樂。下篇反其意，言不如立善也。」（藝文印書館）

蓋淵明思想以儒為本，所謂「身沒名亦盡」，「立善有遺愛」，「立善常所欣」，便是儒家積極人生之意。本詩除駁斥道家末流長生久世謬說，亦批評慧遠佛教超脫輪迴之說，淵明以為「老少同一死，賢愚無復數」；「縱浪大化中，不喜亦不懼」，不以死生禍福動其心志，泰然順應自然。正如羅大經《鶴林玉露》卷十五言：「不以死生禍福動其心，泰然委順，養神之道也，淵明可謂知道之士矣。」

九日（一）閑居一首

余閑居，愛重九之名。秋菊盈園。而持醪靡由（二）。空服九華（三）。寄懷於言。

世短意恒多，斯人樂久生。日月依辰至，舉俗愛其名。露淒暄（四）風息，氣澈天象明。往燕無遺影，來雁有餘聲。酒能怯百慮（五），菊為制頹齡（六）。如何蓬廬士，空視時運傾（七）。塵爵恥虛罍（八），寒華（九）徒自榮。斂襟（十）獨閑謠，緬焉起深情。棲遲故多娛，淹留豈無成。

【注釋】

（一）九日：指農曆九月九日重陽節，古時有採菊風俗。《西京雜記》卷三：「九月九日，佩茱萸，食蓬餌，飲菊花酒，令人長壽。菊花舒時，并採莖葉，雜黍米釀之。至來年九月九日始熟，就飲焉。故謂之菊花酒。」據〈詩序〉「持醪靡由」等語，則此詩可能作於王弘任職江州刺史期間。王弘於晉義熙十四年（西元四一八）至宋嘉三年（西元四二六）為江州刺史，凡八年。此詩暫繫於義熙十四年作。為五十四歲作。

（二）持醪靡由：謂酒可飲。醪，濁酒。靡，無。

（三）空服：有花無酒，故曰空服。九華：指九華菊。《群芳譜》九華菊，此品乃淵明所賞，其態異常，為白色之冠。

（四）暄：暖風。

（五）百慮：泛指種種雜念。

（六）「菊為」句：言菊能制止人的衰老，可以延年。古直《陶靖節詩箋》卷二引曹丕〈九日與鍾繇書〉：「至于芳菊，紛然獨榮。……輔體延年，莫斯之貴。」（廣文）頹齡，衰年。

（七）時運傾：指時光流逝。

（八）「塵爵」句：語本《詩、小雅、蓼莪》：「缾之罄矣，惟罍之恥。」鄭玄箋：「罍大而盈。」（四部叢刊）爵、酒器。虛罍、空罍。

（九）寒華：指秋菊。

（十）斂襟：謂收斂心思。襟作襟懷解。

【詩評選輯】

1. 宋・李公煥《箋註陶淵明集》卷二：

古詩云：「人生不滿百，常懷千歲憂。」而淵明以五字盡之，曰「世短意常多」；東坡曰「意長日月促」，則倒轉陶句耳。

2. 清・溫汝能《陶詩彙評》卷二：

起五字包括無限，已領起通篇大意。沈確士謂比古詩「人生不滿百」二句，鍊得更簡更遒。予謂陶詩不事雕飾，何曾著意研鍊，而自爾淵雅含融，此陶之所不可及也。末言時運雖傾而游息多娛，與下「棲遲詎為拙」同意。於閒散無聊之況而反得此逸興，一結寄托遙深，尤為高絕。

3. 清・延君壽《老生常談》：

〈九日閒居〉一首，上面平平敘下，至末幅「斂襟獨閒謠，緬焉起深情」，忽作一折筆以頓挫之，以下二句「棲遲固多娛，淹留豈無成」，以一意作兩層收束，開後人無數法門。

案：本詩在《陶淵明詩集》卷二，詩作於義熙十四年（西元四一八），作者五十四歲。感慨時光流逝，淹留無成，乃藉重九賞菊，寄託閒散。溫汝能《陶詩彙評》卷二有：「末言時運雖傾而游息多娛，與下『棲遲詎為拙』同意。於閒散無聊之，況而反得此逸興，一結寄託遙深，尤為高絕。」（新文豐）是。

歸園田居五首

其一

少無適俗韻（一），性本愛丘山。誤落塵網（二）中，一去三十年（三）。羈鳥戀舊林，池魚思故淵。開荒南野際，守拙（四）歸園田。方宅十餘畝，草屋八九間。榆柳蔭後簷，桃李羅堂前。曖曖（五）遠人村，依依墟里（六）煙。狗吠深巷中，雞鳴桑樹巔。戶庭無塵雜，虛室有餘閑。久在樊籠裡，復得返自然。

【注釋】

（一）韻：氣韻，風度，性情。
（二）塵網：謂仕途。
（三）三十年：應作「十三年」。疑古代錯簡。
（四）守拙：指歸耕田園，乃自謙之詞，與世俗之機巧相對言。
（五）曖曖：《楚辭、離騷》：「時曖曖其將罷兮。」王逸注：「曖曖，昏昧貌。」（藝文）
（六）墟里：村落。

【詩評選輯】

1.宋・張戒《歲寒堂詩話》卷上：

【其一「少無適俗韻」】淵明「狗吠深巷中，雞鳴桑樹顛」，本以言郊居閒適之趣，非以詠田園，而後人詠田園之句，雖極其工巧，終莫能及。

2.元・吳師道《吳禮部詩話》（藝文印書館《歷代詩話》本）：

《歸田園居》第一首：「狗吠深巷中，雞鳴桑樹顛。」《古雞鳴行》：「雞鳴高樹顛，狗吠深巷中。」陶公全用其語。第二篇「種豆南山下，草盛豆苗稀」，本楊惲書意。

3.清・查初白、張載華《初白菴詩評》卷上：

「返自然」三字，道盡歸田之樂，可知塵網牽率，事事俱違本性矣。

4.清・溫汝能《陶詩彙評》卷二：

《老子》：「人法地，地法天，天法道，道法自然。」淵明此語其知道矣乎。

案：本詩在《陶淵明詩集》卷二，此詩當作於義熙二年（西元四〇六），作者辭官歸田，年三十八。共五首，據本詩云：「榆柳蔭後簷，桃李羅堂前」，知為春夏之交作。五首中第一首言家居前後，二首言與鄉里往來，三言草盛苗稀，四言攜子步荒墟，五言獨策往還，荊薪代燭。本詩描述歸田後家居生活自然情形，李公煥箋註《陶淵明集》引《冷齋夜話》引東坡云：大率才高意遠，則所寓得其妙，遂能如此。如大匠運斤，無斧鑿痕。（國立中央圖書館）頗能說明作者才情。而「狗吠深巷中，雞鳴桑樹顛」，出自漢樂府：〈古雞鳴行〉：「雞鳴高樹顛，狗吠深巷中。」

其二

野外罕人事（一），窮巷寡輪鞅（二）。白日掩荊扉，虛室絕塵想（三）。時復墟曲（四）中，披草（五）共來往。相見無雜言，但道桑麻長。桑麻日已長，我土日已廣。常恐霜霰至，零落同草莽。

【注釋】

（一）人事：謂世俗交往，人際關係事。

（二）輪鞅：指車馬。鞅，馬頸上的皮帶。

（三）塵想：雜念。

（四）墟曲：猶「墟里」、「村里」，村子。

（五）披草：撥草。披，分開。

【詩評選輯】

1.元．劉履《選詩補註》卷五：

【其二「野外罕人事」】此篇言野外事簡人靜，絕無塵慮，唯與鄰曲往來共談桑麻之長而已。然我之生理有成，而志願已遂，但恐天時變革，霜霰凋傷而零落同於草莽耳。蓋是時朝廷將有傾危之禍，故有是喻。然則靖節雖處田野而不忘憂國，於此可見矣。

2.清．方東樹《昭昧詹言》卷四：

此既安居以後事。起六句由靜而之動。「相見」二句為一篇正面、實面。「桑麻日以長」以下乃申續樂意耳。只就桑麻言，恐其零落，方見真意實在田園，非喻己也。

案：本詩寫作者歸田後，種桑麻田園生活，中四句寫與村里田夫野老交往，「但道桑麻長」，純然農村生活，質樸。

其三

種豆南山下，草盛豆苗稀。晨興理荒穢(一)，帶月荷鋤歸。道狹草木長，夕露沾我衣。衣沾不足惜，但使願無違。

【注釋】

（一）荒穢：荒蕪、雜草。

【詩評選輯】

1. 清・邱嘉穗《東山草堂陶詩箋》卷二：

前言桑麻，此言種豆，皆田園中實事，亦有次第。

2. 清・溫汝能《陶詩彙評》卷二：

「帶月」句，真而警，可謂詩中有畫。

案：本詩寫作者甘於農作，種豆田園，早出晚歸生活。李公煥箋註《陶淵明集》引東坡曰：以夕露沾衣之故，而違其所願者多矣。（中央圖書館）則本詩表達農夫最基本、最企盼的願望。

其四

久去山澤遊，浪莽（一）林野娛。試攜子侄輩，披榛（二）步荒墟。徘徊丘隴（三）間，依依昔人居。井灶有遺處，桑竹殘朽株。借問採薪者，此人皆焉如？薪者向我言，死歿無復餘。一世異朝市（四），此語真不虛！人生似幻化，終當歸空無。

【注釋】

（一）浪莽：丁福保《陶淵明詩箋注》：「浪孟即孟浪也……，蓋放曠之意。」（藝文）謂林野廣大無邊。

（二）披榛：撥開叢木。

（三）丘隴：墓地。

（四）「一世」句：丁福保《陶淵明詩箋注》「古者爵人於朝，刑人於市。言為公眾之地，人所指目也」。（藝文）

【詩評選輯】

1. 清・邱嘉穗《東山草堂陶詩箋》卷二：

前言桑麻與豆，此則耕種之餘暇，憑弔故墟，而歎其終歸於盡。「人生似幻化」二句真可謂知天地之化育者，與遠公白蓮社人見識，相去何啻霄壤！

2. 清・孫人龍《陶公詩評註初學讀本》卷一：

存殘生感，自具深情。

案：本詩言作者耕種之餘，與子侄出遊，憑弔故墟，歎人生終歸空無寂滅。此與慧遠等人見識大相逕庭。佛教思想、道家思想以為死後有靈魂，靈魂可以不滅，修持可以永生，是以勸人參加各種宗教團體，淵明以為「終當歸空無」，較為務實、超脫。

其五

悵恨獨策還，崎嶇歷榛曲（一）。山澗清且淺，可以濯吾足。漉我新熟酒（二），隻雞招近局（三）。日入室中暗，荊薪代明燭。歡來苦夕短，已復至天旭。

【注釋】

（一）曲：偏僻之處。

（二）漉酒：以布濾酒。

（三）近局：鄰曲；近鄰。

【詩評選輯】

1. 明・黃文煥《陶詩析義》卷二：

【其五「悵恨獨策還」】歡來映洗悵恨，昔人多不存，獨策所以生恨也。此身尚存，夜燭宜秉，有一念之恨生，則一念之歡來矣。「來」字下得奇。

2. 清・宋長白《柳亭詩話》卷二十〈近局孤影〉：

淵明田居詩：「漉我新熟酒，隻雞招近局。」又曰：「欲言無予和，揮杯勸孤影。」於醉鄉日月，另闢一世界。讀前二句，覺河朔西園，絕少山林氣味；讀後二句，覺竹林金谷，太呈名士風流。元次山曰：「坐無拘忌人，勿限醉與醒。」陶公有知，應以素心許之。

案：耕稼歸還，經山澗濯足，並以雞酒招客長飲，感慨歡樂苦短。

怨詩楚調示龐主簿鄧治中一首

天道（一）幽且遠，鬼神茫昧然。結髮（二）念善事，僶俛（三）六九年。弱冠逢世阻，始室（四）喪其偏。炎火屢焚如，螟蜮恣中田。風雨縱橫至，收斂不盈廛（五）。夏日長抱飢，寒夜無被眠。造夕思雞鳴，及晨願烏遷（六）。在己何怨天，離憂悽目前。吁嗟身後名，於我若浮煙。慷慨獨悲歌，鍾期信為賢。

【注釋】

（一）天道：此指主宰人類吉凶禍福的法則。
（二）結髮：即束髮。古時男子行冠禮，開始束髮，以示成年。
（三）僶俛：亦作僶勉，猶勉強也。
（四）始室：指三十歲。《禮記・內則》卷八：「三十而有室，始理男事。」（四部叢刊）。喪其偏：指喪妻。
（五）廛：《毛詩・魏風・伐壇》卷五：「不稼不穡，胡取禾三百廛兮。」毛《傳》：「一夫之居曰廛。」（四部叢刊）不盈廛，指所收糧食不足維持一家人生活。
（六）烏遷：指太陽西下。烏，古代傳說日中有三足烏，指稱日為烏。

【詩評選輯】

1.宋・李公煥《箋註陶淵明集》卷二引：

薛易簡《正音集》云：「琴之操弄約五百餘名，多緣古人幽憤不得志而作也。」今引子期知音事而命篇曰〈怨詩楚調〉，庸非度調為辭，欲被絃歌乎？

2.明・黃文煥《陶詩析義》卷一：

含沙之蜮，非田居害稼之蟲，乃亦同恣中田。人間意外之事，何所不有？受殘於物，冀獲祐於天。風雨縱橫，天上交困之事，復無所不有。題中「怨詩楚調」四字，寫得淋漓。

案：本詩作於永初三年（四二二），作者五十八歲。在《陶淵明詩集》卷二。根據王僧虔《技錄》：《楚調曲》有：〈白頭吟行〉、〈泰山吟行〉、〈梁甫吟行〉、〈東武琵琶行〉、〈怨詩行〉等。詩中敘述平生遭遇艱苦，包括三十喪妻、家中遇火災、耕作遇蟲災、飢餓受凍，種種悲情，讀之令人酸鼻。所謂天道悠邈，鬼神茫昧，人之遭逢如此，只得仰天歎息。

移居二首

其一

昔欲居南村（一），非為卜其宅（二）。聞多素心人（三），樂與數晨夕。懷此（四）頗有年，今日從茲役。弊廬何必廣，取足蔽床席。鄰曲時時來，抗言談在昔。奇文共欣賞，疑義相與析。

【注釋】

（一）南村：即〈與殷晉安別〉詩「去歲家南里」之南里，或因其地在尋陽城南郊，故稱南里、南村。古直《年譜》詳考陶淵明集及誄傳，舉凡十證，「謂南村實在尋陽負郭」。（《陶靖節年譜》，頁二十三，收在《陶靖節詩箋》廣文）其說可信。

（二）卜其宅：古直注「《左傳》昭公三年：『諺云，非宅是卜，惟鄰是卜』」（《陶靖節詩箋》卷二，頁十一，廣文）

（三）素心人：心地純真之人。素，《莊子、天地》：「素逝而恥通於事」成玄英疏：「素，真也。」《文選》顏延之〈陶徵士誄〉：「長實素心。」李善注：「鄭玄曰：凡物無飾曰素。」按，《晉傳》：「其鄉親張野及周旋人羊松齡、龐遵等或有酒要之，或要之共至酒坐。」〈與殷晉安別〉詩云：「遊好非少長，一遇盡殷勤。」據此可知「素心人」當指張野、羊松齡、殷隱輩。

（四）懷此：淵明於義熙四年遇火後徙居西盧，大約不久便欲移居南村。然至義熙十一年方遂此願，故曰「懷此頗有年」。

【詩評選輯】

1. 清蔣薰《陶淵明詩集》卷二：

讀疑義相析，知淵明非不求解，不求甚解以穿鑿耳。若好奇附會，此揚子雲徒自苦，便失欣賞與趣。

2. 清・溫汝能《陶詩彙評》卷二：

素心人固不易多得，「聞」字却妙，或作「間」字，便索然了。「欣賞」二字亦妙，非奇文不足共欣賞；欣之，賞之，此中大有會悟在。

案：本詩在《陶淵明詩集》卷二，有關淵明「移居」時間有義熙四年（西元四〇八）、六年（西元四一〇）、七年（西元四一一）之說。龔斌《校箋》本以為義熙十一年（西元四一五），以為〈與殷晉安別詩〉為劉裕參軍移家東下在義熙十二年（西元四一六）年，而詩云：「去歲家南里」可知。詩中云卜鄰移居已久，乃得素心人共朝夕，所居雖小，因喜得佳鄰，談笑之樂無窮。

其二

春秋多佳日，登高賦新詩。過門更相呼，有酒斟酌之。農務各自歸，閒暇輒相思。相思則披衣，言笑無厭時。此理（一）將不勝？無為忽去茲。衣食當須紀（二），力耕不吾欺（三）。

【注釋】

（一）此理：此理，指從與鄰里過從交往之樂中悟出的道理。

（二）紀：經營。

（三）不吾欺：不欺吾。

【詩評選輯】

1. 宋・湯漢註《陶靖節先生詩》卷二：

【其二「春秋多佳日」】（「此理將不勝」二句），言此樂不可勝，無為舍而去之也。韓子亦云：樂之終身不厭，何暇外慕。

2. 清・溫汝能《陶詩彙評》卷二：

予謂熟讀陶詩便有益於身心、學問。二詩極平淡，却極著實。上章移居卜鄰，得友論文；下章飲酒務農，不虛佳日。人茍樂此無厭，則狎邪之友何由而至，非僻之心無自而入。根本既固，培養自深，於此便可悟道，便可尋真樂處。

案：第二首言作者移居之後，與鄰里往來親切。詩句古樸，感情真切。

和劉柴桑一首

山澤久見招，胡事乃躊躇。直為親舊故，未忍言索居。良辰入奇懷，挈杖還西廬。荒塗無歸人，時時見廢墟。茅茨(一)已就治，新疇(二)復應畬。谷風(三)轉淒薄，春醪解饑劬(四)。弱女雖非男，慰情良勝無。栖栖(五)世中事，歲月共相疏。耕織稱其用，過此奚所須。去去百年外，身名同翳如(六)。

【注釋】

(一) 茅茨：按，以毛覆屋。此就治之茅茨，指徙居之西廬，非謂去年六月燒燔之上京舊居。

(二) 新疇：新田。畬：《爾雅・釋地》：「田，一歲曰菑，二歲曰畬。」(商務四部叢刊)

(三) 谷風：《毛詩・邶・谷風》卷二：「習習谷風，以風以雨。」鄭玄箋：「東風謂之谷風。陰陽和而谷風至，夫婦和而室家成，室家成而繼嗣生。」(四部叢刊)

(四) 劬：《毛詩・邶風・凱風》卷二：「母氏劬勞。」毛《傳》云：劬勞，病苦也。(四部叢刊)

（五）栖栖：忙碌不安貌。

（六）翳如：隱沒。

【詩評選輯】

1. 明．黃文煥《陶詩析義》卷二：

（「弱女雖非男」二句）杯酒豈真足解飢劬哉？聊自慰耳。承上句，忽創此奇喻。（「棲棲世中事」二句）世事之難在密，高士之癖在疎。

2. 清．溫汝能《陶詩彙評》卷二：

陶公本傳，時周續之入廬山，事釋慧遠，彭城劉遺民亦遯跡荒山，淵明又不應徵命，謂之潯陽三隱。時遺民招淵明廬山結白蓮社，淵明雅不欲預名社列，但時復往還於廬阜間，故詩中起數語云云。以下直抒胸臆，毫無粘著。陶詩真曠，其品格固高出於晉人，亦非唐人所能及也。

案：劉柴桑令劉遺氏，彭城人劉程之，曾為柴桑令。於晉安帝元興元年（西元四〇二）隱於廬山西林。西廬，西田之草廬（屋）。詩作於歸西廬之後，晉安帝義熙五年己酉（西元四〇九）。劉柴桑曾招淵明入山澤，淵明未允。詩中表達淵明不入佛門索居，結廬人境，躬耕守拙之意。末，「去去百年外，身名如翳如」，表明作者不慮來生之意，非如劉柴桑之離群索居。

酬劉柴桑

窮居寡人用，時忘四運周（一）。櫚庭多落葉，慨然知已秋。新葵（二）鬱北牖，嘉穟養南疇。今我不為樂，知有來歲不？命室（三）攜童弱，良日登遠遊。

【注釋】

（一）四運周：謂四時周環回復。曹植〈朔風詩〉：「四氣代謝，懸景運周。」潘岳在〈懷謝作詩〉：「春秋代遷逝，四運紛可喜。」鮑照〈歲暮悲詩〉：「日夜改運周。」

（二）葵：葵菜。《詩・豳風・七月》：「七月亨葵及菽。」

（三）室：妻。此指繼室翟氏。

【詩評選輯】

1. 明・黃文煥《陶詩析義》卷二：

曰「時忘四運」，又亟曰「已知秋」，曰「多落葉」，又亟曰「新葵鬱」、「嘉穟養」，曰「慨然」，又亟曰「為樂」，忘者自忘，知者已知，緒忽飛來也；悴者自悴，榮者自榮，物各殊性也。仰觀天時，俯察物類，知苦趣乃益添樂趣。

2. 清・邱嘉穗《東山草堂陶詩箋》：

唐人詩云「山僧不解數甲子，一葉落知天下秋」，本此。及時行樂，固是陶公素懷。

案：本詩在《詩集》卷二，或作於義熙三年（西元四〇七）、或義熙二年（西元四〇六）（袁行霈《陶淵明集箋注》卷二，中華書局）。劉柴桑，曾為柴桑令。詩中描寫居室偏僻，四季更替，時或忘懷。見門庭落葉，知秋將至，因樂於現實生活，不憂來生。乃攜帶子侄，選擇良辰吉日遠遊。可能是遇火前所作。是以詩中表現田園自然歡樂。

和郭主簿二首

其一

藹藹（一）堂前林，中夏（二）貯清陰。凱風（三）因時來，回飆開我襟。息交（四）遊閑業，臥起弄書琴。園蔬有餘滋（五），舊穀猶儲今。營己良有極，過足非所欽。舂秫作美酒，酒熟吾自斟。弱子戲我側，學語未成音。此事真復樂，聊用忘華簪（六）。遙遙望白雲，懷古一何深。

【注釋】

（一）藹藹：茂盛貌。
（二）中夏：仲夏。
（三）「凱風」二句：凱風，《爾雅、釋天》：「南風謂之凱風。」
（四）息交：謂停止交游。〈歸去來兮辭〉：「請息交以絕遊。」
（五）餘滋：多味。
（六）華簪：謂富貴顯赫。簪用來固冠，仕宦者用之。

【詩評選輯】

1. 清・蔣薰評《陶淵明詩集》卷二：

【總評】二詩前自述，言閒業之樂，後懷人，動銜觴之思。和言不獨酬答，亦有次第。

2. 清・方東樹《昭昧詹言》卷四：

此二首與〈酬劉柴桑〉皆閒居詩正格，一味本色真味，直書胸臆。前首夏景，次首秋景。爾，即指幽人也；解者謂指松菊，則於下文勢不通矣，因松菊以興起幽人耳。前者望雲懷古，次銜觴念幽人也。「檢素不獲展」，言不通訊問也。康樂擬之曰：「頤阿竟何端。」

3. 清・邱嘉穗《東山草堂陶詩箋》卷二：

此陶公自述其素位之樂，真不以貧賤而有慕於外，不以富貴而有動於中者，豈矯情哉！公〈與子儼等疏〉云：「少學琴書，偶愛閒靜。……見樹木交蔭，時鳥變聲，歡然有喜。嘗言五六月中北窗下臥，遇涼風暫至，自謂是羲皇上人。」此詩起數語意同。

案：此詩或作於元興二年癸卯（西元四〇三），作者三十九歲。第一首詩中言歸田，享受茂盛林蔭，南風吹拂，園蔬有餘，舊穀儲糧，舂秫作酒，與子同樂，懷古悠然之情，自然而出。

其二

和澤同三春，清涼素秋節[一]。露凝無游氛[二]，天高肅景[三]澈。陵岑[四]聳逸峰，遙瞻皆奇絕。芳菊開林耀，青松冠巖列。懷此真秀姿，卓為霜下傑。銜觴念幽人，千載撫爾訣[五]。檢素[六]不獲展，厭厭竟良月。

【注釋】

（一）素秋節：《文選》張華〈勵志〉詩：「星火既夕，忽焉素秋。」李善注：「《爾雅》曰：『秋為白藏，故云素秋。』」（四部叢刊）案：秋屬金，金色白固曰。

（二）游氛：漂動著的霧氣。

（三）肅景：肅殺之景，指秋景。

（四）陵岑：高嶺。

（五）撫：持，把握。爾：指松菊，一說指幽人。解者謂指松菊，則於下文勢不通矣，因松菊以興起幽人。陶注：「蓋謂千載幽人，無不抱此松菊之操，撫之而志節益堅，以今準古，亦猶是也。」訣：訣要，方法。引申為要道、法則。

（六）檢素：意謂得不到對方（指郭主簿）信札，於春秋月明之後，厭厭寡歡。

【詩評選輯】

1. 清·邱嘉穗《東山草堂陶詩箋》卷二：

遠瞻陵岑之奇絕，近懷松菊之貞秀，皆與陶公觸目會心，實借以自寓其不臣於宋之高節，所謂賦而比也。結四句頗吐忠憤本懷，殆欲有為而不得者歟？前首樂，此首憂，皆有次第。

2. 清・陶澍集註《靖節先生集》卷三：

「銜觴」四句，蓋謂千載幽人，無不抱此松菊之操，撫之而志節益堅，以今準古，亦猶是也。自檢平素，有懷莫展，厭厭寡緒，其誰知之乎！

案：春秋得自然之樂，山高林耀，松菊表現秀姿。而與郭主簿披心見情，不知二人之情是否比配千載松貞菊秀之節操？

始作鎮軍參軍經曲阿作

弱齡寄事外，委懷在琴書。被褐欣自得，屢空常晏如。時來苟冥會(一)，宛轡憩通衢(二)。投策(三)命晨裝，暫與園田疏。眇眇孤舟逝，綿綿歸思紆(四)。我行豈不遙，登降千里餘。目倦川塗異(五)，心念山澤居。望雲慚高鳥，臨水愧遊魚。真想(六)初在襟，誰謂形跡拘。聊且憑化遷，終返班生廬(七)。

【注釋】

（一）時來：《文選》卷二十五盧諶〈答魏子悌〉詩：「遇蒙時來會，聊齊朝彥迹。」李善注：「言富貴榮寵時之暫來也。」（四部叢刊）。《漢書・列傳第十五》卷四十五：蒯通曰：『夫功者，難成而易敗；時者，難值而易失，時乎時，不再來。』」（藝文）。《晉書・列傳第六十九・桓玄傳》卷九十九：「遇時來之會。用獲除姦救溺。」（藝文）。釋慧遠〈大智論鈔序〉：「若達開塞之有運，時來非有遇。」冥會：自然而來，不求自至。王胡之〈贈庾翼〉詩：「余與夫子，自然冥會。」《晉書・列傳第五十七・涼武昭王傳》卷八十七：「非相期之所會，諒冥契而來同。」（藝文）。此二句正釋「冥會」之義。

（二）「宛轡」句：《文選》李善注：「宛，屈也。言屈常往之駕於通衢之中。」「通衢喻仕路也。」按，因各本作婉孌，或疑淵明始作鎮軍參軍時曾攜家小赴任。然通考《陶淵明集》，淵明未曾攜家累赴職。此說非。

（三）投策：棄杖。

（四）紆：鬱結不解。《文選》卷二十九張衡〈四愁詩〉：「何為懷憂心煩紆。」李善注：「《楚辭》曰：『志紆鬱其難釋。』王逸曰：『紆，屈也。』」《文選》趙至〈與嵇茂齊書〉：「尋歷曲阻，則沉思紆結。」（四部叢刊）

（五）「目倦」句：言千里跋涉，山川異色，目亦為之倦。

（六）真想：指委運自然之思想。

（七）班生廬：《文選》李善注：「班固〈幽通賦〉：『終保已而貽則，里止仁之所廬。』」（四部叢刊）陶澍注本引湯東澗注云：班〈賦〉，求幽貞之所廬。（世界）

【詩評選輯】

1. 宋・羅大經《鶴林玉露》卷五：

士豈能長守山林，長親蓑笠，但居士朝軒冕時，要使山林蓑笠之念不忘，乃為勝耳。淵明〈赴鎮軍參軍〉詩曰：「望雲慚高鳥，臨水愧游魚；真想初在襟，誰謂形迹拘。」似此胸襟，豈為外榮所點染哉！

2. 清・吳淇《六朝選詩定論》卷十一：

宋武帝行鎮軍，先生為參軍，行經曲阿。曲阿者，鎮軍之故里也，感而作此詩。按先生不樂仕宋，而為其參軍者，當時宋國未建，猶是晉之鎮軍府參軍耳。題曰「始作」者，前此未常作，後此難克終也。詩文雖婉，全在「常」字、「暫」字、「終」字、「初」字幾箇虛字傳「始」字神髓。

案：本詩在《陶淵明集校箋》卷三，依古直說法，淵明參劉牢之軍事。吳淇以為曲阿，鎮軍故里。而為劉裕參軍。淵明言己從小「委懷在琴書」，志在文藝。後來投策軍旅，即「綿綿思歸」。經過千里山川，存念山澤，愛魚鳥之自然。是以任真之想，常圍繞在心中。末言，終返舊居之志。

飲酒二十首并序

余閑居寡歡，兼比夜已長(一)，偶有名酒，無夕不飲。顧影獨盡，忽焉復醉。既醉之後。輒題數句自娛；紙墨遂多，辭無詮次。聊命故人書之，以為歡笑爾。

其一

衰榮無定在，彼此更共之。邵生(二)瓜田中，寧似東陵時。寒暑有代謝，人道每如茲。達人解其會，逝將不復疑。忽與一樽酒，日夕歡相持。

【注釋】

（一）兼比夜已長：兼，更加，比，近來，一作秋。此句言，更何況近秋的夜晚一天比一天長了。

（二）邵生二句：《史記・蕭相國世家第二十三》卷五十三：召平者，故秦東陵侯，為布衣，貧，種瓜於長安城東，瓜美，故世謂之東陵瓜。從召平以為名也。（藝文）

【詩評選輯】

1. 宋・葉夢得《石林詩話》卷下：

晉人多言飲酒，有至沈醉者，此未必意真在酒。蓋時方艱難，人各懼禍，惟託於醉，可以粗遠世故。

2. 明・鍾伯敬、譚元春評選《古詩歸》卷九：

譚元春曰：妙在題是《飲酒》，只當感遇詩、雜詩，所以為遠。鍾伯敬曰：《飲酒》詩，如此寄托，如此含吐，酒豈易飲？飲酒豈易作詩？又曰：感遇實勝詠懷，《飲酒》詩則又非感遇諸詩所幾也，難與人言。

3. 清・方宗誠《陶詩真詮》：

《飲酒》第二首「不賴固窮節，百世當誰傳」，言夷叔、榮叟所以傳百世者，以有固窮節耳，非謂夷、叔等欲傳而後固窮也。懼後人誤會，故第三篇復將名駁去。第九首「深感父老言，稟氣寡所諧。紆轡誠可學，違己詎非迷」，即孔子從吾所好之意。第二十首「羲農去我久，舉世少復真。汲汲魯中叟，彌縫使其淳」四句，乃淵明飲酒之旨。「真」對「偽」言，「淳」對「澆」言也，言飲酒欲反真還淳也，故曰「寄言酣中客，日沒燭當秉」，又曰「若復不快飲，空負頭上巾」，又曰「但恨在世時，飲酒不得足」，皆託飲酒以反真還淳，忘懷名利，以了死生。羲、農、唐、虞、孔子、夷、叔、顏回、曾點為志量，與劉伯倫之放曠不同。晉人不親六經，老、莊之流害也。陶公不然，實醇儒也。「汲汲魯中叟，彌縫使其淳」，尤真知孔子之心者。收四句餘味不盡。

4.清・邱嘉穗《東山草堂陶詩箋》卷三：

陶公昔為晉參軍、縣令，今則退而閒居、飲酒，故以邵平事自比。

案：《飲酒》二十首，依詩序，為作者酒後作，藉酒以抒懷。二十首組詩，有的也與飲酒無關，或許其中有一部分是有一定次序的（如第一首和最後一首），另一部分可能不一定有秩序。（葉嘉瑩說）。第一首〈衰榮無定在〉，以邵平城東種瓜的史實，感世事變化，盛衰無常。言人之得失榮辱、吉凶禍福，不過如四季循環，是以不必執著、不必懷疑。應借酒行樂。

其二

積善云有報，夷叔在西山（一）。善惡苟不應，何事空立言。九十行帶索（二），饑寒況當年。不賴固窮節，百世當誰傳。

【注釋】

（一）夷叔在西山：夷，伯夷；叔，叔齊；商，孤竹君二位王子，因互讓君位，逃去。周滅商，不食周粟，餓死。西山，首陽山。事見《史記・伯夷列傳第一》卷六十一（藝文）。

（二）九十行帶索：指春秋時榮啟期。帶索：以繩索為衣帶，喻貧。《列子・天瑞第一》卷一云：孔子遊於太山，見榮啟期行乎郕之野，鹿裘帶索，鼓琴而歌。孔子問曰：先生所以樂，何也？榮啟期對曰：有三樂，其三謂己行年九十。（《新編諸子集成》，冊四，世界）

【詩評選輯】

1. 宋・范溫《潛溪詩眼》：

【其二「積善云有報」】近一名士作詩云：「九十行帶索，榮公老無依。」余謂之曰：陶詩本非警策，因有君詩，乃見陶之工。或譏余貴耳賤目，使錯舉兩聯，人多不能辨其孰為陶，孰為今詩也。則為解曰：榮啟期事近出《列子》，不言榮公可知；九十，則老可知；行帶索，則無依可知；五字皆贅也。若淵明意謂至於九十猶不免行而帶索，則自少壯至於長老，其飢寒艱苦宜如此，窮士之所以可深悲也。此所謂「君子於其言，無所苟而已矣」。古人文章，必不虛設耳。

2. 明・黃文煥《陶詩析義》卷三：

前首特引邵平，歎世事之無定，此首又引夷、齊，歎天道之亦無定。俯人仰天，總不如酒杯可以自主耳！前首明言飲酒，有酒杯可以壓倒世事。世事易遣，故易壓。此首特添「固窮」，胸中之不復疑者，恐因天道而疑，非加一番功力，未易以敵天也。

3. 清・吳瞻泰《陶詩彙註》卷三：

「百世當誰傳」者，固窮節也。「百年不可顧」者，世間名也。百世、百年緊對，正見安身立命，莫如固窮，固窮所貴，莫如飲酒，原不為成名也。

案：第二首〈積善云有報〉，以伯夷、叔齊、榮啟期為例，君子固窮，指出善惡有報是空話。雖然「君子固窮」，而人應固守君子之道，百代因以傳。

其三

道喪向千載，人人惜其情。有酒不肯飲，但顧世間名。所以(一)貴我身，豈不在一生。一生復能幾，倏如流電驚。鼎鼎(二)百年內，持此欲何成。

【注釋】

(一)所以：為什麼（葉嘉瑩說）。

(二)鼎鼎：《禮記・檀弓》上：鼎鼎爾，則小人。鄭玄注以為大舒，寬慢之意。一說擾攘貌，宋陸游詩：百歲常鼎鼎。一說鼎鼎，義近蹉跎。（參龔斌《箋注》，上海古籍）。當作「擾擾」較佳。

【詩評選輯】

1. 元・劉履《選詩補註》卷五：

【其三「道喪向千載」】此言大道久喪，情欲日滋，當世之人，不肯適性保真，而徒戀惜世榮，殊不知一生之內，倏如電之過目，今乃舒緩怠惰，不自速悟，持此以往，欲何所成而垂名乎？蓋不特以之諷人，亦以自警焉爾。

2. 清・張潮等《曹陶謝三家詩・陶集》卷三：

惟酒忘憂，無憂即樂，世人何以浮名自累而忘天真耶？故靖節不惜亹亹言之。

3.清·邱嘉穗《東山草堂陶詩箋》卷三：

上四句敘，下六句議。「所以」二字不作接上文之故字解，如古文中另起語「夫人所以」云云是也。

案：第三首〈道喪向千載〉，前四句寫大道既喪，世人貪戀浮名，不肯飲酒。後六句寫人生百年，應及時行樂，縱酒任真。

其四

棲棲失群鳥，日暮猶獨飛。徘徊無定止，夜夜聲轉悲。厲響思清遠（一），去來何依依。因值孤生松，斂翮遙來歸。勁風無榮木，此蔭獨不衰。托身已得所，千載不相違。

【注釋】

（一）清遠：一作清晨。作清遠是，託以鳥高遠之志。

【詩評選輯】

1.清·蔣薰評《陶淵明詩集》卷三：

失羣之鳥，托身孤松，先生借以自比，不似殷景仁、顏延年輩草草附宋，若勁風無榮木也。

2.清・邱嘉穗《東山草堂陶詩箋》卷三：

此詩純是比體。蓋陶公自彭澤解綬，真如失羣之鳥，飛鳴無依，故獨退守田園，如望孤松而斂翮，託身不相違也。公嘗有〈歸鳥〉四言詩，正與此詩意同。

3.清・吳瞻泰《陶詩彙註》卷三：

此借失羣鳥以自況也。得失二字遙對，須知失處正是得。失羣時不可不飲酒，得所時尤不可不飲酒。

案：第四首〈栖栖失群鳥〉，前六句，寫未歸，言己辭彭澤令後，如失群鳥，飛鳴無依，棲身無處。後六句已歸，興託自己找到安身立命所在。詩末「失群鳥」、「孤生松」所謂望孤松而斂翮，託身不相違，鳥、松與作者，三合一，情境相融。

其五

結盧在人境，而無車馬喧。問君何能爾，心遠地自偏。採菊東籬下，悠然見南山(一)。山氣日夕佳，飛鳥相與還。此中有真意，欲辨已忘言。

【注釋】

(一)南山，指廬山。

【詩評選輯】

1. 宋・蘇軾《東坡題跋》卷二〈題淵明飲酒詩後〉：

【其五「結廬在人境」】「采菊東籬下，悠然見南山」，因採菊而見山，境與意會，此句最有妙處。近歲俗本皆作「望南山」，則此一篇神氣都索然矣。

2. 明・鍾伯敬、譚元春《古詩歸》卷九：

（「心遠地自偏」句）鍾伯敬曰：「心遠」二字，千古名士高人之根。（「采菊東籬下」二句）譚元春曰：禪偈。鍾伯敬曰：「見」字無心得妙。（「山氣日夕佳」二句）鍾伯敬曰：「真意」、「忘言」，即在此數句，俗人必待讀完下語，始賞之。

3. 清・王士禛《古學千金譜》：

通章意在「心遠」二字，真意在此，忘言亦在此。從古高人只是心無凝滯，空洞無涯，故所見高遠，非一切名象之可障隔，又豈俗物之可妄干。有時而當靜境，靜也，即動境亦靜。境有異而心無異者，遠故也。心不滯物，在人境不虞其寂，逢車馬不覺其喧。籬有菊則采之，采過則已，吾心無菊。忽悠然而見南山，日夕而見山氣之佳，以悅鳥性，與之往還，山花人鳥，偶然相對，一片化機，天真自具，既無名象，不落言詮，其誰辨之？

4.清．溫汝能《陶詩彙評》卷三：

淵明詩類多高曠，此首尤為興會獨絕，境在寰中，神遊象外，遠矣。得力在起四句，奇絕妙絕，以下便可一直寫去，有神無迹，都於此處領取，俗人反先賞其採菊數語，何也？至結二句則愈真愈遠，語有盡而意無窮，所以為佳。張（案指張九成）評篇中有畎畝不忘君之意，真嫌著相。

案：第五首〈結廬在人境〉，心遠為骨，興會獨絕，神遊象外，此中真意，欲辯無言。寫遠離世俗的心境，和陶醉自然的樂趣。

其六

行止千萬端，誰知非與是。是非苟相形，雷同共譽毀。三季多此事(一)，達士似不爾。咄咄俗中愚，且當從黃綺(二)。

【注釋】

（一）三季多此事：指夏、商、周三代之末。此事，指是非不分。

（二）黃綺：商山四皓中的夏黃公與綺里季。

【詩評選輯】

1. 宋・湯漢註《陶靖節先生詩》卷二：

【其六「行止千萬端」】此篇言季世出處不齊，士皆以乘時自奮為賢，吾知從黃、綺而已，世俗之是非譽毀，非所計也。

2. 清・吳菘《論陶》：

「行止千萬端」，行止即出處也。「誰知非與是」，人不能審出處耳。「是非苟相形，雷同共毀譽」不知是非，徒隨聲附和共毀譽耳。「三季多此事」，言三季以來皆如此；此事即不知是非、雷同毀譽之事。此等皆咄咄可怪之俗人，若達士如黃、綺輩定不爾也。

3. 清・方東樹《昭昧詹言》卷四：

本〈齊物論〉，言心不遠者，但見是非紛紜而不能已於言。以承上文忘言而足之如此。

案：第六首〈行止千萬端〉，在亂世，是非不分，只有智慧的人，事理看得遠，不會被眼前小名迷惑，是非鬥爭中，雷同共毀譽，作者想追隨秦末隱士夏黃公和綺里季去隱居。

其七

秋菊有佳色，裛露掇其英（一）。汎此忘憂物，遠我遺世情。一觴雖獨進，杯盡壺自傾。日入群動息，歸鳥趨林鳴。嘯傲東軒下，聊復得此生。

【注釋】

（一）裛露掇其英：裛，沾濕。掇，摘取。英，花，指菊花。《楚辭・離騷》：朝飲木蘭之墜露兮，夕餐秋菊之落英。（《百部叢書集成》，藝文）把採下來的那些帶著露水的菊花瓣，灑在他要喝的酒上。喝菊花酒，就是把菊花瓣放在酒裡一起喝。（葉嘉瑩說）

【詩評選輯】

1. 宋・蘇軾《東坡題跋》卷二《題淵明詩》：

【其七「秋菊有佳色」】靖節以無事自適為得此生，則凡役於物者，非失此生耶？

2. 宋・李公煥《箋註陶淵明集》卷三引：

定齋曰：自南北朝以來，菊詩多矣，未有能及淵明之妙。如「秋菊有佳色」，他花不足當此一佳字。然通篇寓意高遠，皆由菊而發耳。又引艮齋曰：「秋菊有佳色」一語，洗盡古今塵俗氣。

3.又，李公煥《箋註陶淵明集》卷三引：

韓子蒼曰：余嘗謂古人寄懷於物，而無所好，然後為達，況淵明之真，其於黃花直寓意爾。至言飲酒適意，亦非淵明極致，向使無酒，但悠然見南山，其樂多矣。遇酒輒醉，醉醒之後，豈知有江州太守哉！當以此論淵明。

4.明・黃文煥《陶詩析義》卷三：

（「遠我遺世情」句）遺世之情，我原自遠，對酒對菊，又加遠一倍矣。（「聊復得此生」句）役役世途，失此生矣，東軒之下，乃可以得之。聊復云者，幾失而再得之辭也。遺世得生，首尾相應。不有所遺，不能有所得。

5.清・邱嘉穗《東山草堂陶詩箋》卷三：

此詩言對菊飲酒至暮，遺世而自得也。蓋菊之晚芳，亦公所自比歟。故下篇遂以松次之。公〈和郭主簿〉云：「芳菊開林耀，青松冠巖列，懷此貞秀姿，卓為霜下傑。」固知松菊皆三徑中得意之物，宜其於詩文中再三及此。

案：第七首〈秋菊有佳色〉，寫作者嘯傲東軒，喝菊花酒，由朝至暮，遺世自得的生活。

其八

青松在東園，眾草沒其姿，凝霜殄異類，卓然見高枝。連林人不覺，獨樹眾乃奇。提壺挂寒柯，遠望時復為(一)。吾生夢幻間，何事紲塵羈。

【注釋】

(一) 遠望時復為：即時復為遠望。

(二) 紲塵羈：為塵世名韁利鎖所絆。紲，《說文解字・十三篇上》：犬(各本無)系(繫)(藝文)。羈絆之意。

【詩評選輯】

1. 明・黃文煥《陶詩析義》卷三：

【其八「青松在東園」】四首言松，五首言菊，皆未及言飲酒。七首申言對菊之飲，以掇英為下酒物，此八首又申言對松之飲，以遠望為下酒物。菊色佳在浥露，松姿卓在傲霜，菊在東籬，松在東園，娓娓詳言，相賞但患酒盡。

2. 明・徐師曾《詩體明辨》卷一：

葉又生曰：「獨樹眾乃奇」、「禀氣寡所諧」，淵明岸然自異，不同流俗；不如此不成淵明。

3. 清・邱嘉穗《東山草堂陶詩箋》卷三：

此詩賦而比也。諸人附麗於宋者皆如眾草，惟公獨樹青松耳。

4. 清・吳瞻泰《陶詩彙註》卷三：

此借孤松為己寫照也。前六句皆咏孤松，偏以連林陪寫獨樹，加倍襯出，近挂又復遠望，與松親愛之甚，無復有塵事羈絆，此生亦不嫌其孤矣。

案：第八首〈青松在東園〉，作者以孤松堅貞、卓絕自況。徐師曾所謂「岸然自異，不同流俗。」詩中並言自己不返仕途的決心。

其九

清晨聞叩門，倒裳(一)往自開。問子為誰歟，田父有好懷。壺漿遠見候，疑我於時乖。襤縷茅簷下，未足為高栖(二)。一世皆尚同(三)，願君汩其泥。深感父老言，稟氣寡所諧。紆轡(四)誠可學，違己詎非迷。且共歡此飲，吾駕不可回。

【注釋】

(一)倒裳：來不及穿好衣服。《詩經・齊・東方未明》卷五：東方未明，顛倒衣裳。(商務四部叢刊)。

（二）高栖：高隱。

（三）尚同：出《墨子》卷三（世界），原意指一切事情要服從上面一個共同標準。此處指同流合污。

（四）紆轡：回車，違背己意出仕。

【詩評選輯】

1. 宋・李公煥《箋註陶淵明集》卷三：

【其九「清晨聞扣門」】趙泉山曰：時輩多勉靖節以出仕，故作是篇。趙氏注杜甫〈宿羌村〉第二首，云一篇之中，賓主既具，問答了然，可以比淵明此首。

2. 清・吳菘《論陶》：

「深感父老言」以下，「紆轡誠可學」，作一開；「違己詎非迷」，作一闔；「且共歡此飲」，再一開；「吾駕不可回」，再一闔；抑揚盡致。

3. 清・方東樹《昭昧詹言》卷四：

又幻出人來，校之就物言，更易託懷抱矣。此詩夾敘夾議，託為問答，屈子〈漁父〉之恉。注謂時必有人勸公出仕者，是也。收句完好。

案：第九首〈清晨聞叩門〉，作者託以田父，如屈原託以漁父問答，抒己之不欲仕。

其十

在昔曾遠遊，直至東海隅（一）。道路迴且長，風波阻中塗。此行誰使然，似為飢所驅。傾身營一飽，少許便有餘。恐此非名計（二），息駕歸閑居。

【注釋】

（一）在昔二句：陶淵明給劉裕作參軍時，劉裕是東晉的將領。淵明為手下參軍。（葉嘉瑩說）東海隅，指曲阿縣。

（二）名計：好主意。

【詩評選輯】

1. 清・蔣薰評《陶淵明詩集》卷三：

饑驅名計，他人所諱，先生俱自言之。妙妙！一說「名計」恐當作「久計」，不然是慮營飽失名，何如勿為饑驅也。

2. 清・邱嘉穗《東山草堂陶詩箋》卷三：

此直賦其辭彭澤而歸來之本意。

案：第十首〈在昔曾遠遊〉，寫「傾身營一飽」，曾為劉裕參軍幕僚，為貧而仕，後覺悟君子固窮，應回到田園隱居。

其十一

顏生稱為仁，榮公言有道(一)。屢空不獲年，長饑至於老。雖留身後名，一生亦枯槁。死去何所知，稱心固為好。客養千金軀，臨化消其寶(二)。裸葬(三)何必惡，人當解意表。

【注釋】

(一)顏生二句：顏生，指顏回。榮公，指榮啟期。

(二)臨化消其寶：臨化，臨死。寶，身也。

(三)裸葬，《漢書‧楊王孫傳第三十七》卷六十七：(楊王孫)病且終，先令其子曰：吾欲裸葬，以反吾真，必亡易吾意。死則為布囊盛尸，入地七尺，既下，從足引脫其囊，以身親土。(藝文)。楊王孫要裸葬的原意，矯世俗之厚葬。

【詩評選輯】

1. 宋‧蘇軾《東坡題跋》卷二《書淵明飲酒詩後》：

【其十一「顏生稱為仁」】《飲酒》詩云：「客養千金軀，臨化消其寶。」寶不過軀，軀化則寶已矣，人言靖節不知道，吾不信也。

2. 宋‧湯漢註《陶靖節先生詩》卷三：

顏、榮皆非希身後名者，正以自遂其志耳。保千金之軀者，亦終歸於盡，則裸葬亦未可非也。或曰，前八句言名不足賴，後四句言身不足惜，淵明解處，正在身名之外也。

3.清・吳瞻泰《陶詩彙註》卷三引：

王棠曰：顏、榮以名為寶，客以千金軀為寶，總不若稱心為寶也。

案：第十一首〈顏生稱為仁〉，以顏回、榮啟期君子固窮，並以楊王孫裸葬，以反其真，說明人對死生、名利皆不應執著，稱心為好。則心境更勝顏回、榮啟期。

其十二

長公(一)曾一仕，壯節忽失時。杜門不復出，終身與世辭。仲理(二)歸大澤，高風始在茲。一往便當已，何為復狐疑。去去當奚道，世俗久相欺。擺落悠悠談(三)，請從余所之。

【注釋】

（一）長公：《史記・張釋之列傳第四十二》卷一百二：（張釋之）其子曰張摯，字長公，官至大夫，免，以不能取容當世，故終身不仕。（藝文）

（二）仲理：指東漢楊倫。字仲理，陳留東昏人。……「為郡文學掾，志乖於時，以不能人間事，遂去職。不復應州郡命，講授於大澤中，弟子至千餘人。」（參見《後漢書・儒林傳第六十九上・楊倫》卷七十九上，藝文）

（三）擺落悠悠談：擺落，擺脫。悠悠談，道路閒談。

【詩評選輯】

1. 明．黃文煥《陶詩析義》卷三：

【其十二「長公曾一仕」】首章曰「逝將不復疑」，此曰「何為復狐疑」，首章貶駁邵平，此殊推尊張摯、楊倫。邵平無可奈何而種瓜，張摯、楊倫自甘辭官而不出，品第各不同也。世疑我之乖時，我畏俗之欺我。「咄咄俗中惡」，知之久矣。「擺落」二字，恨不決絕。「請從余所之」，與「願君汩其泥」作對砭。

2. 清．邱嘉穗《東山草堂陶詩箋》卷三：

此又借古人仕而歸者，以解其辭彭澤而歸隱之本懷。

案：第十二首〈長公曾一仕〉，借張摯與楊倫為例，言仕而中途歸隱、擺脫因追求功名富貴，爾虞我詐的困擾，顯現讀書人高風亮節的可貴，而仕宦相欺的可鄙。

其十三

有客常同止(一)，取捨邈異境。一士常獨醉，一夫終年醒，醒醉還相笑，發言各不領。規規一何愚，兀傲差若穎(二)。寄言酣中客，日沒燭當秉。

【注釋】

（一）同止：同居。

（二）規規兩句：規規，《莊子・秋水》卷四：「子乃規規然而求之以察，索之以辯。」（《莊子集釋》，世界）規規，小見之貌。兀傲，葛洪《抱朴子・外篇・疾謬第二十五》，以傲兀無檢者為大度。（《新編諸子集成》，世界）兀傲，兀然、傲然、傲慢之意。差：尚，略。差若穎，似較聰明。

【詩評選輯】

1. 宋・湯漢註《陶靖節先生詩》卷三：

【其十三「有客常同止」】醒者與世討分曉，而醉者頽然聽之而已。淵明蓋沈溟之逃者，故以醒為愚，而以兀傲為穎耳。

2. 清・邱嘉穗《東山草堂陶詩箋》卷三：

陶公自以人醒我醉，正其熱心厭觀世事而然耳。要之，醒非真醒而實愚，醉非真醉而實穎。其箴砭世人處，却仍以詼諧出之，故不覺其言之激也。

案：第十三首〈有客常同止〉，言亂世之時，醒醉賢愚之行為表現，往往與太平盛世時相反。可見世事之不足問。

其十四

故人賞我趣，挈壺相與至。班荊坐松下（一），數斟已復醉。父老雜亂言，觴酌失行次。不覺知有我，安知物為貴。悠悠迷所留，酒中有深味。

【注釋】

（一）班荊：班，布也，布荊木坐地。語出《左傳・襄・二十六年》伍舉奔鄭，將遂奔晉，聲子將如晉，遇之於鄭郊，班荊相與食，而言復故。（四部叢刊）

【詩評選輯】

1. 明・黃文煥《陶詩析義》卷三：

【其十四「故人賞我趣」】（「不覺知有我」四句）物我俱忘，則身世之內所留尚有何物？真迷而不知矣，但知有酒味耳。前田父邀飲，此故人就飲，一疑我乖，一賞我趣，一異調之飲，一同調之飲。

2. 明・張自烈《箋註陶淵明集》卷三：

人皆以淵明「不覺知有我，安知物為貴」，蓋曠然物我之外。愚按淵明胸中無罣礙，當不以物我分別，但此兩句語氣微少脫化，終覺有箇物我在。

案：第十四首〈故人賞我趣〉，言與父老飲酒，領略酒中真趣，令人忘我、悠閑自在。

其十五

貧居乏人工（一），灌木荒余宅。班班有翔鳥，寂寂無行跡。宇宙一何悠，人生少至百。歲月相催逼，鬢邊早已白。若不委窮達（二），素抱深可惜。

【注釋】

（一）人工：人力。班班：絡繹不絕。

（二）委窮達：委棄窮達之念。

【詩評選輯】

1. 明・黃文煥《陶詩析義》卷三：

【其十五「貧居乏人工」】窮達搖其慮，則素抱不能自主，肯委之度外，然後素抱不壞。「深可惜」三字喚醒！

2. 清・邱嘉穗《東山草堂陶詩箋》卷三：（龔斌《陶淵明集校箋》引）

時不我與，而老將至，不得展其素抱；知其無可奈何而安之於命也。

案：第十五首〈貧居乏人工〉，言貧居宅荒，人生短暫，常為窮達煩惱，就無法守住儒家正心修身之本，殊為可惜。

其十六

少年罕人事，遊好在六經。行行向不惑（一），淹留遂無成。竟抱固窮節，饑寒飽所更。敝廬交悲風，荒草沒前庭。披褐守長夜，晨雞不肯鳴。孟公不在茲，終以翳吾情（二）。

【注釋】

（一）不惑：四十歲。《論語・為政第二》：四十而不惑。（《新編諸子集成》，世界）

（二）孟公二句：孟公，東漢劉龔，《後漢書・蘇竟第二十上》卷三十上：「（劉）龔，字孟公，善論議，扶風馬援、班彪，並器重之。（藝文）丁仲祜《箋注》引《高士傳》，張仲蔚，平陵人，博物善屬文，長居窮素，所處蓬蒿沒人，時人莫議，惟劉龔知之」（藝文）。

【詩評選輯】

1. 明・黃文煥《陶詩析義》卷三：

【其十六「少年罕人事」】（「淹留遂無成」句）淹留豈無成，以避俗自許，不墜庸眾之徑也。淹留遂無成，以讀經自慚，未深聖賢之奧也。（「孟公不在茲」句）覓酒伴於前代，眼前無人。（「終以翳吾情」句）「翳」字深起發性情，推酒之功，酒侶無人，則趣不酣而情半受障矣。世人惜其情者也，吾所憂翳吾情者也。

2. 清・蔣薰評《陶淵明詩集》卷三：

觀後篇，意多所恥，終歸田里，公年近四十而去官也。故云「向不惑」、「遂無成」。固窮是詩人本意。末思孟公，當為冷落中之投轄人耳。

3. 清・溫汝能《陶詩彙評》卷三：

篇中字法一氣串下，年四十而遂無成，故不得不守窮飲酒，而思孟公爾。

案：第十六首〈少年罕人事〉，言己幼讀儒家經典，本欲有為，值政治黑暗，老而無成，生活困苦，無人理解，是以守窮節以終。

其十七

幽蘭生前庭，含薰待清風。清風脫然至，見別蕭艾中。行行失故路，任道或能通。覺悟當念還，鳥盡廢良弓（一）。

【注釋】

（一）鳥盡廢良弓：出自《史記・淮陰侯列傳第三十二》卷九十二（藝文）。韓信幫劉邦消滅所有敵人，最後韓信（尚有彭越、鯨布等多人）也被殺。而晉安帝義熙八、九年，劉裕誅滅異己，先後殺死劉藩、謝混、劉毅、郗僧施、諸葛長民等多人。這些人曾和劉裕討桓玄，桓玄被滅，這些「良弓」也就被廢了。

【詩評選輯】

1. 宋・湯漢註《陶靖節先生詩》卷三：

【其十七「幽蘭生前庭」】蘭薰非清風不能別，賢者出處之致，亦待知者知耳。淵明在彭澤日，有「悵然慷慨，深愧平生」之語，所謂「失故路」也。惟其任道而不牽於俗，故卒能回車復路云耳。鳥盡弓藏，蓋借昔人去國之語，以喻己歸田之志。

2. 明・黃文煥《陶詩析義》卷三：

（「含薰待春風」句）「含」「待」二字，寫得蘭花有情有品。（「清風脫然至」二句）風來香始遠，否則同叢無復分別。（「覺悟當念還」句）當念不能還則意之所之，愈往愈謬矣。（「鳥盡廢良弓」句）仕路之險，無時非廢弓之慘，暫出為失路，歸隱為知還。

3. 清・陶必銓《萸江詩話》：（龔斌《陶淵明集校箋》引）

非經喪亂，君子之守不見，寓意甚深。覺悟念還，傅亮、謝晦輩不知也。

案：第十七首〈幽蘭生前庭〉，由幽蘭（自喻）起興，與蕭艾（當世之士）之小人不同，鳥盡廢良弓，喻劉裕加害共患難之人。

其十八

子雲性嗜酒，家貧無由得，時賴好事人，載醪祛所惑(一)。觴來為之盡，是諮無不塞(二)。有時不肯言，豈不在伐國(三)。仁者用其心，何嘗失顯默。

【注釋】

(一)子雲四句，《漢書・揚雄傳第五十七下》卷八十七下，(贊曰)：(雄)家素貧，嗜酒，人希至其門。時有好事者，載酒肴從遊學。(藝文)。揚雄，成都人。成帝時和董賢、王莽都不次升遷，高居三公。只有揚雄歷經成、哀、平三世沒有遷官，到王莽篡漢之後，才以遺老轉為「新」大夫。

(二)不塞：塞，滿，引申為滿足。

(三)有時二句：《漢書・董仲舒傳二十六》卷五十六：魯君問柳下惠，吾欲伐齊何如？柳下惠曰：不可。歸而有憂色。曰：吾聞伐國不問仁人，此言何為至於我哉？(藝文)

【詩評選輯】

1. 宋・湯漢註《陶靖節先生詩》卷三：

【其十八「子雲性嗜酒」】此篇蓋託言子雲以自況，故以柳下惠事終之。

2. 清・蔣薰評《陶淵明詩集》卷三：

不肯言伐國，隱然以劉宋比新莽，蓋難言之矣。

3.清・吳瞻泰輯《陶詩彙註》卷三引：

王棠曰：「『塞』字用得奇。人問即答，必塞人之望也。『豈不在』、『何嘗失』六字妙。當時劉裕舉兵，豈非伐國？淵明絕口不言朝政，豈非守默？我如是，子雲亦如是，仁者用心相同，如此方見六字含吐之妙。」

案：第十八首〈子雲性嗜酒〉，以子雲自況，且兩人不得意於仕途，揚雄在《法言》中與人問答，頗多警世之語；陶詩文以示己志。然揚雄以漢之耆老轉為莽大夫，上《劇秦美新》封事，取悅王莽，與柳下惠朝隱之風不能相比，淵明固窮自守，不屈身異代，不同。又言柳下惠隱於朝廷（朝隱），雖當官，求溫飽不理朝政。如稱之曰「仁人」，實有過當。又言不肯伐國，表面稱揚劉裕勝利在望，有難言之語。

其十九

疇昔苦長饑，投耒去學仕。將養不得節，凍餒固纏己。是時向立年，志意多所恥。遂盡介然(一)分，拂衣歸田裏，冉冉星氣流，亭亭復一紀(二)。世路廓悠悠，楊朱所以止(三)。雖無揮金事(四)，濁酒聊可恃。

【注釋】

（一）介然：耿介執著。

（二）亭亭復一紀：亭亭，王叔岷《陶淵明詩箋證稿》云：亭亭，遠貌。（藝文）一紀，十二年，歲星一周為一紀。

（三）楊朱所以止。《淮南子・說林訓》卷十七：楊子見逵路（九達曰逵）而哭之，為其可以南，可以北。（《新編諸子集成》，世界）

（四）揮金事：《漢書・疏廣傳第四十一》卷七十一：載漢宣帝時，疏廣、疏受辭官歸里後，以皇帝皇太子贈金，日與族人故舊賓客飲宴作樂。（藝文）

【詩評選輯】

1. 宋・湯漢註《陶靖節先生詩》卷三：

【其十九「疇昔苦長飢」】「亭亭復一紀」，彭澤之歸在義熙元年乙巳，此曰「復一紀」，則賦此《飲酒》詩當是義熙十二三年間。

2. 清・溫汝能《陶詩彙評》卷三：

《年譜》：元興二年癸卯，公年三十九，是歲桓靈寶篡晉，改元永始。故云「多所恥」。向立之年，又復一紀，則是義熙十三年也。是年劉裕平關中，越三年，宋受晉禪。又按彭澤之歸，在義熙元年乙巳，此去復一紀，則賦此《飲酒》，當是義熙十二三年間也。要之，淵明《飲酒》詩本非一時所作，觀其小序云「紙墨遂多」，於此可見。

案：第十九首〈疇昔苦長飢〉，與楊朱見通衢大道徘徊相比，作者託足仕宦，幸而得返，濁酒可恃，實慶幸。

其二十

義農[一]去我久，舉世少復真。汲汲魯中叟，彌縫使其淳。鳳鳥雖不至[二]，禮樂暫得新。洙泗[三]輟微響，漂流逮狂秦。詩書復何罪，一朝成灰塵。區區諸老翁，為事誠殷勤。如何絕世下[四]，六籍無一親。終日[五]馳車走，不見所問津。若復不快飲，空負頭上巾[六]。但恨多謬誤，君當恕醉人。

【注釋】

（一）羲農：指伏羲氏、神農氏。
（二）鳳鳥雖不至：《論語・子罕第九》：鳳鳥雖不至，河不出圖，吾已矣乎。（《論語正義》卷十，《新編諸子集成》，世界）
（三）洙泗：二水名，今山東曲阜縣北，孔子曾設教於洙泗之間。
（四）絕世下：漢世既絕之後。
（五）終日二句：自況於沮溺，嘆世無孔子之徒。（六）頭上巾：頭上葛巾，可濾酒。

【詩評選輯】

1. 宋・蘇軾《東坡題跋》卷二〈書淵明詩〉：

【其二十「義農去我久」】陶詩云：「但恐多謬誤，君當恕醉人。」此未醉時說也，若已醉，何暇憂誤哉？然世人言醉時是醒時語，此最名言。

2.宋・湯漢註《陶靖節先生詩》卷三：

「諸老翁」，似謂漢初伏生諸人。退之所謂群儒區區修補者，劉歆〈移太常書〉亦可見。「不見所問津」，蓋自況於沮、溺，而歎世無孔子徒也。

3.清・吳瞻泰輯《陶詩彙註》卷三引：

洪度曰：「不見所問津」上皆莊語，「若復不快飲」忽作醉語，「但恐多謬誤」又作醒語。忽莊、忽醉、忽醒，語真無詮次矣，方是二十首《飲酒》總結。

4.清・溫汝能《陶詩彙評》卷三：

淵明《飲酒》詩，讀至末章具見本領。「彌」，補也，「縫」，合也，二字固盡聖人參贊之妙。然予謂著眼尤在一「使」字，非孔子無彌縫手段，非孔子不能使淳。「使」字有無限功用在。淵明為聖賢中人，故能道之親切有味乃爾。至其胸懷真曠，何嘗專寄沈湎，不過藉飲酒為名，以反覆自道其生平之概。陳（案：似指陳倩父）評乃謂其不能忘情出處，言之縷縷，使淵明當晉、宋之交而忘情出處，則與殷、顏輩何異？豈肯為飲酒之所為哉。故讀是詩者，不必作飲酒觀，而淵明之意量遠矣。

5.清・方東樹《昭昧詹言》卷四：

此首收束二十篇，而末二句又收足題面，章法完整，蒙上言仕歸飲酒不得已也。昔孔子不用而歸，則刪定六經。已今亦欲如是，但述而不作，好而親之，以繼微響而已。此與楊雲仲淹之僭作者，已不同矣。不言己之好，但言人之不好，亦避直取曲，以虛形實也。「少真」謂皆從於苟妄也。舉世習非，不得一真，欲彌縫之，道在六經，崇尚乎此，庶可以反性情，美風教，成紹化，著誠去偽，反樸還純。無如世境無一人問津，此其可痛可恨。而己之所懷則願學孔子，從事如此，亦欲彌縫斯世，而有志不獲，惟有飲酒遣此悲憤也。以用意論，極其恍惚；以文法論，極其恣肆奇妙不測。經所以載道也，達道則無苟妄，而無不任真矣。故歸宿孔子及諸儒，言己非徒獨自任真，亦欲彌縫斯世。此陶公絕大本量處，非他詩人所能及。故此篇義理可以冠集，〈羊長史〉篇文法可以冠集。陸桴亭云：翫其詞意，上敘孔子，下述六經，皆言願學之意；但終以飲酒之語亂之，使人不覺耳。又言：所行不無過差，不能盡於六經，由於好飲之故，亦躬行未之有得意。樹謂：明以來諸儒，皆以講學為門戶，其實無甚學問，皆鮮實得。若使用之，必不能彌縫使純，而卻居之不疑，不如陶公之任真矣。

案：第二十首〈羲農去我久〉，在亂世，典籍文化無人理會，終日營求名利，世事如此，夫復何言！詩人惟託醉於酒，可以遠罪。末「君當恕醉人」，東坡以為未醉所說。

止酒(一)一首

居止次城邑(二)，逍遙自閑止。坐止高蔭下，步止蓽門(三)裏。好味止園葵，大懽止稚子。平生不止酒，止酒情無喜。暮止不安寢，晨止不能起。日日欲止之，營衛(四)止不理。徒知止不樂，未知止利己。始覺止為善，今朝真止矣。從此一止去，將止扶桑(五)涘。清顏止宿容，奚止千萬祀(六)。

【注釋】

（一）止酒：停止飲酒。止，《廣韻》：「止，停也。」

（二）次城邑：指接近城邑。

（三）蓽門：柴門，為貧者所居。

（四）營衛：指人體中內外相貫，運行不息的營氣、衛氣。

（五）扶桑：神話中樹木名。

（六）千萬祀：千萬年。

【詩評選輯】

1. 明・張自烈《箋註陶淵明集》卷三：

錯落二十個「止」字，有奇致。然淵明會心在「止」字，如人私有所嗜，言之津津不置口也。「平生不止酒」一句尤奇，無往不止，所不止者獨酒耳。不止之止，寓意更恬，此當於言外得之。

2. 清・邱嘉穗《東山草堂陶詩箋》卷三：

〈止酒〉詩是陶公戲筆，句句牽扯一止字，未免入於纖瘦一派，後人不必效也。昌黎〈落齒〉詩，似倣之。

3.清·溫汝能《陶詩彙評》卷三：

「止」之為義甚大，人能隨遇而安，即得所止。淵明能飲能止，非役於物，非知道者不能也。丹崖謂其乏酒，作游戲言，其視淵明固淺。陳怍明竟謂其故作創體，不足為法，則尤苛論古人。不思淵明詩品純乎天趣，此等詩非淵明不能作，亦惟淵明始可作。後之學陶者，固不必學，亦不能學。區區以成法律古人，去之遠矣。

案：此詩共二十句，每句用一「止」字，有二十處，「止」意有停、至、靜止等義、以及語末助詞。〈止酒〉，即停止飲酒。淵明固窮守道，安於田園自然，榮華富貴無所求，得田園之樂。胡仔《苕溪漁隱叢話》後集卷三：「坐止樹蔭之下，則廣廈華居吾安羨焉？步止於蓽門之裏，則朝市聲利我何趨焉？好味止於噉園，則五鼎方丈我何欲焉？大歡止於戲稚子，則燕歌趙舞我何樂焉？」（世界）之意近。

述酒(一)

重離照南陸(二)，鳴鳥聲相聞(三)。秋草雖未黃，融風久已分(四)。素礫皛修渚(五)，南嶽無餘雲(六)。豫章抗高門(七)，重華固靈墳(八)。流淚抱中歎，傾耳聽司晨(九)。神州獻嘉粟，西靈為我馴(十)。諸梁董師旅，芊勝喪其身(十一)。山陽歸下國，成名猶不勤(十二)。卜生善斯牧，安樂不為君(十三)。平王去舊京(十四)，峽中納遺薰(十五)。雙陵甫云育(十六)，三趾顯奇文(十七)。王子愛清吹，日中翔河汾(十八)。朱公練九齒，閒居離世紛(十九)。峨峨西嶺內，偃息常所親。天容自永固，彭殤非等倫(二十)。

【注釋】

（一）此篇詞意隱晦。逯欽立《陶淵明集》云：「原注：『儀狄造，杜康潤色之。』儀狄、杜康，古代善釀酒者，酒由儀狄造出，再由杜康潤色。比喻桓玄篡位於前，劉裕潤色於後，晉朝終於滅亡。為了篡位，桓玄曾酖殺司馬道子，劉裕曾酖殺晉安帝，都是用毒酒完成篡奪。所以陶以述酒為題，以『儀狄造，杜康潤色之』為題注。」

（二）「重離」句：湯注：「司馬氏出重黎之後，此言晉室南渡。」吳師道《吳禮部詩話》：「以離為黎，則是陶公故訛其字以相亂。離，南也，午也。重離，典午再造也。」（見龔斌《陶淵明集校箋》本，下引同）南陸，指左江。此句言晉元帝中興。

（三）「鳴鳥」句：古直《陶靖節詩箋》：「鳴鳥謂鳳也。比喻王、謝諸人，先後渡江，共贊中興也。」

（四）「秋草」二句：言秋草雖未黃，然與融風分別已久。融風，古代五行家將八個方位的風配以卦名，各有名目，稱為八風。東北風為融風。

（五）素礫：白石。礫，小石。皛：明亮，此作「顯現」解。修渚：長洲。陶注：「『素礫皛修渚』，即子美所謂『渚清沙白』，以喻偏安江左，氣象蕭颯也。」

（六）「南嶽」句：古直《詩箋》注：「南嶽為江南山鎮，故特標之。晉元帝即位詔，『遂登壇南嶽』，亦此意也。雲者紫雲，數術家所謂王氣也。」

（七）「豫章」句：古直《陶靖節詩箋》：「此著劉裕篡晉之階也。晉書：義熙二年，論建義功，封劉裕豫章郡公。發迹豫章，遂干大位。故曰『豫章抗高門』也。」（廣文）

（八）重華：虞舜之號，此指晉恭帝。吳師道《吳禮部詩話》：「重華句，恭帝廢為零陵王，舜家在零陵九疑，故云爾。」（見龔斌《校箋》）

（九）「流淚」二句：湯漢注：「謂恭帝禪宋也。裕既建國，晉帝以天下讓，而猶不免於弒，此所以流淚中歎，夜耿耿而達曙也。」（見龔斌《校箋》）。司晨，雞鳴報曉，故稱司晨。

（十）「神州」二句：湯漢《陶靖節先生詩》注：「義熙十四年，鞏縣人獻嘉禾，裕以獻帝，帝以歸於裕。西靈當作四靈。裕受禪文，有『四靈效瑞』之語。二句言裕假符瑞以奸大位也。」（引自龔斌《校箋》本，下引同）四靈，麟鳳龜龍。

（十一）「諸梁」二句：諸梁，沈諸梁，即葉公，戰國時楚人。芈勝：白公勝，為楚太子建之子。《史記・楚世家》：「白公自立為王。月餘，會葉公來救楚，楚惠王之徒與共攻白公，殺之。惠王乃復位。」按，逯欽立《陶淵明集》：「此以葉公、白公事寓言桓玄之篡及其為劉裕所誅。」其說是。

（十二）「山陽」二句：湯漢《陶靖節先生詩》注：「魏降漢獻帝為山陽公，而卒弑之。《謚法》：『不勤成名曰靈。』古之人主不善終者，有靈若厲之號。此正指零陵先廢而後弑也。曰猶不勤，哀怨之詞也。」黃文煥《陶詩析義》卷三：「裕之加九錫自為王，與操同，逼恭帝禪位與丕逼獻同。獻為山陽公十五年始卒，而零陵王乃以次年進毒不遂，竟加掩弑，不得如獻帝之偷餘生也。裕之視丕，倍忍心也。」（引自龔斌《校箋》本，下引同）

（十三）「卜生」二句：湯漢《陶靖節先生詩》注：「魏文侯師事卜子夏，此借之以言魏文帝也。安樂公，劉禪也。丕既篡漢，則安樂不得為君矣。」（見龔斌《校箋》）

（十四）平王：指周平王。去舊京：指周平王離舊京東遷。此句暗寓晉室南渡，建立東晉朝。

（十五）「峽中」句：峽同郟，指郟鄏，今洛陽，周成王定鼎於此。薰：指薰鬻。古匈奴名。

（十六）「雙陵」句：古直《詩箋》注：《左傳》：『崤有二陵焉。』謝朓詩：『雙崤望河澳。』」「謂關洛已平，人民始可長育也。」

（十七）「三趾」句：暗寓劉裕禪宋為帝事。逯注：「三趾，三足，指三足烏。……晉初曾以之為代魏的祥瑞。《晉諸公贊》：『世祖時，西域獻三足烏。遂累有赤烏來集此昌陵後縣。案昌為重日，烏者，日中之烏，有託體陽精，應其曜質，以顯至德者也。』而今言奇文，是說讖緯之言，本為晉瑞，今則反為宋瑞矣。」又，有關三足烏，浙江良渚玉器刻有三足烏之圖形，應即傳說中三足烏，指太陽。

（十八）「王子」二句：王子，指王子喬。王叔岷《列仙傳校箋》記王子喬，周靈王太子晉，好吹笙，遊伊、洛之間，乘白鶴飛升成仙。（中研究文哲所專刊）河汾，晉地。謝靈運〈撰征賦〉：「皇晉河汾，來遷吳楚。」按，前句或以王子晉仙去喻零陵之仙逝，後句或喻零陵魂翔故國猶不忍離去。

（十九）「朱公」二句：陶澍《陶靖節集》卷三：「朱公者，陶也。意古別有朱公修煉之事，此特託言陶耳。晉運既去，故陶閒居以避世，明言其志也。」（世界）。練九齒，指修煉養生之術。九齒，同久齡。齒，同齡。九，與久通。《莊子・至樂》：「黃軦生乎九猷。」

（二十）「天容」二句：一說是悼念晉恭帝被弒，天容謂天子之容。黃文煥《陶詩析義》卷三：「裕即殺帝，而君臣之分自在，千古所不能磨滅也。然則帝何嘗死哉！是不待以彭殤較論者也。」一是《楚辭・思遠遊》之旨，天容指天老與容成。陶澍《陶靖節集》注：「天容自永固謂天老與容成，與下彭殤為對，言富貴不如長生，即《楚辭・思遠遊》之旨也。」（世界）。古直注同。彭：彭祖，古之長壽者。殤：夭亡的小兒。非等倫，不能等量齊觀。

【詩評選輯】

1. 宋・湯漢註《陶靖節先生詩》卷三

按晉元熙二年六月，劉裕廢恭帝為零陵王。明年以毒酒一甖授張禕，使酖王，禕自飲而卒。繼又令兵人踰垣進藥，王不肯飲，遂掩殺之。此詩所為作，故以〈述酒〉名篇也。詩辭盡隱語，故觀者弗省，獨韓子蒼以「山陽下國」一語疑是義熙後有感而賦。予反覆詳考，而後知決為零陵哀詩也。因疏其可曉者，以發此老未白之忠憤。昔蘇子瞻〈述史〉九章曰「去之五百歲，吾猶見其人」也，豈虛言哉！儀狄、杜康乃自注，故為疑詞耳。

2.清・陳沆《詩比興箋》卷二：

〈述酒〉一章，湯氏漢謂晉恭帝哀詞，是也。劉裕受禪，使張禕以毒酒酖帝，禕自飲而卒，乃令兵人踰垣進藥，帝不肯飲，遂遇害。故哀詩託名〈述酒〉也。重離繼照，興南渡之再造；鳴鳥相聞，喻羣彥之維持。餘閏未終，淳風久散，暨至水涸石出，素礫顯於長江，運盡氣熸，餘雲掃於南嶽矣！裕始封豫章郡公，恭帝廢封零陵王，故以九疑之墓，喻禪位野死也。西靈，西王母也。《穆天子傳》：「曹奴之人，獻穄米百車。」又云：「天子取嘉禾以歸。」言此皆盛世荒服來賓之事，固不可得見矣。次則中興之世，如白公勝謀篡，而葉公諸梁倡義旅而討之，今亦不可見矣。又下之則漢帝禪位為山陽公，而猶獲壽終，不至汲吸翦除，而今并不可得。至以萬乘求為匹夫不得，此牧羊之人所以不願為君也。「平王去舊京」以下，又追述裕得關中舊京之地，旋棄與熏鑪之胡虜者，蓋欲亟歸謀篡故也。峽通作陝，謂關中陝以西之地。雙陵即崤函二陵也。三趾者，〈魏都賦〉：「莫黑匪烏，三趾而來儀。」注引「漢獻帝延康元年，三足烏見於郡國，為明年魏受禪之符」。劉裕受禪時，太史駱達亦陳天文符瑞數十事也。「王子愛清吹」以下，言昔人棄富貴，求出世，即願世世勿生天王家之意也。「天容」，謂天老及容成子，皆黃帝時人。陳祚明謂此詩作〈離騷〉、〈天問〉讀，不必求解，豈非未逆其志歟？

3.清・溫汝能《陶詩彙評》卷三：

題名〈述酒〉而絕不言酒，蓋古人借以寄慨，不欲明言，故詩句與題義兩不相蒙者往往有之。陳祚明謂作〈離騷〉、〈天問〉讀，不必著解，得之矣。蔣丹厓謂是飲酒時述往事，故以〈述酒〉名篇，亦屬過泥。

案：本詩或在義熙二年（西元四〇六）作，作者四十二歲或以為臨終作。止酒，停止飲酒，首六句或末三句「止」字，與酒無關。疑本詩或為遊戲之作。湯漢以為零陵王哀詩，陳沆亦表贊同，應為可取。

責子

白髮被兩鬢，肌膚不復實（一）。雖有五男兒，總不好紙筆。阿舒已二八，懶惰故無匹。阿宣行志學（二），而不愛文術。雍端年十三，不識六與七。通子垂九齡，但念梨與栗。天運（三）苟如此，且進杯中物。

【注釋】

（一）實：謂肌膚堅實。

（二）行：將。志學：指十五歲。《論語・為政》：「吾十有五而志於學。」

（三）天運：天命。

【詩評選輯】

1. 宋・葉寘《愛日齋叢抄》卷三：

淵明五子：儼、俟、份、佚、佟。〈責子〉詩曰：「白髮披兩鬢，肌膚不復實。雖有五男兒，總不好紙筆。阿舒已二八，懶惰固無匹；阿宣行志學，而不好文術；雍端年十三，不識六與七；通子垂九齡，但覓梨與栗。天運苟如此，且進杯中物。」黃魯直云：「觀淵明此詩，想見其人，慈祥戲謔可觀也。俗人便謂淵明諸子皆不肖，而愁歎見於詩爾。」又云：「杜子美詩『有子賢與愚，何其掛懷抱』，子美困頓於三川，蓋為不知者詬病，又往往譏議宗文、宗武失學，故聊解嘲，其詩名曰〈遣興〉，可解也。俗人便謂譏病淵明，所謂癡人前不得說夢也。」按東坡詩云：「我笑陶淵明，種秫二頃半。婦言既不用，還有責子歎。」蘇公肯亦效痴人說夢邪？予謂淵明〈和郭主簿〉詩：「弱子戲我前，學語未成音。此事真復樂，聊用忘華簪。」時當初有儼也。又〈命子〉詩：「嗟予寡陋，瞻望弗及。顧慚華鬢，負影隻立。三千之罪，無後為急。我誠念哉，呱聞爾泣。」「卜云嘉日，占亦良時，名汝曰儼，字汝求思。溫恭朝夕，念茲在茲。尚想孔伋，庶其企而！」「厲夜生子，遽而求火；凡百有心，奚特於我！既見其生，實欲其可。人亦有言，斯情無假。」「日居月諸，漸免於孩。福不虛生，禍亦易來。夙興夜寐，願爾斯才。爾之不才，亦已焉哉！」蓋所謂阿舒者，先長而名之，末語正近〈責子〉意，其成否，則天也。此所以為淵明之達。在彭澤送一力助其子薪水之勞，〈與儼等書〉有云：「吾年過五十，少而窮苦，每以家敝，東西游走；性剛才拙，與物多忤。自量為己，必貽俗患，僶俛辭世，使汝等幼而饑寒。……汝輩稚小家貧，每役薪水之勞，何時可免，念之在心，若何可言。」則知儼輩固能服勞家事，特學業未可知爾。觀遣力給其子則云：「此亦人子也，可善遇之。」戒儼等同居同財，則云：「汝等雖不同生，當思四海皆兄弟之義。」豈任其自為賢愚者。〈責子〉詩：聊洗人間譽子癖。少陵、東坡亦戲言之，非不知淵明也。

2. 明・游潛《夢蕉詩話》：

淵明有〈命子〉、〈責子〉諸作，蓋自示訓誨意也。其責之略云：「雖有五男兒，總不好紙筆。」末云：「天運苟如此，且盡杯中物。」可謂能不棄其子，而且順乎天矣。人之賢父兄固自如此。子美乃嘲之，云：「有子賢與愚，何其掛懷抱！」豈直欲置之度外，若秦之視越人之肥瘠，漠然不以為意歟？顧復自譽其子曰：「驥子好男兒。」何亦不免於可嘲也！大抵子美借此見淵明懷抱，舉天下物無一係累，其不能忘者，只此天性之愛耳。

3. 明・黃文煥《陶詩析義》卷三：

〈責子詩〉忽說「天運如此」，非真責子也。國運已改，世世不願出仕，父子共安於愚賤足矣，一語寄託，盡逗本懷。

案：淵明有五子，非一母所生。淵明二妻生子情況，古今學者意見紛多。各地陶氏宗譜或謂淵明前妻生儼，餘四子為翟氏所生，或謂前三子為前妻所生，後二子出於翟氏。淵明二十六、七歲時有〈命子詩〉。據〈怨詩楚調示龐主簿鄧治中詩〉（淵明五十四歲作），「弱冠逢世阻，始室喪其偏。」淵明三十歲時喪妻，後續娶翟氏。又〈與儼等書〉（約五十歲後）：「吾年過五十。少而窮苦，每以家弊，東西遊走。性剛才拙，與物多忤。……然汝等雖不同生，當思四海皆兄弟之義。」可知儼為前妻所生。〈命子詩〉為儼命作。本詩作於義熙六年庚戌（西元四一〇），淵明四十六歲，或以為淵明諸子不肖，或謂淵明戲謔之作。

雜詩

其一

人生無根蒂，飄如陌上塵。分散逐風轉，此已非常身。落地為兄弟，何必骨肉親(一)。得歡當作樂，斗酒聚比鄰。盛年不重來，一日難再晨。及時當勉勵，歲月不待人。

【注釋】

（一）「落地」二句：落地，人始生。《論語·顏淵》：子夏（答司馬牛）曰：四海之內，皆兄弟也。

【詩評選輯】

1. 明·黃文煥《陶詩析義》卷四：

十二首中愁歎萬端，第八首專歎貧困，餘則慨歎老大，屢複不休，悲憤等於《楚詞》，用複之法亦同之。初首曰「盛年不重來，一日難再晨，……歲月不待人」，二首曰「日月擲人去」，三首曰「榮華雖久居，日月有環周」，四首曰「百年歸丘壟」，五首曰「荏苒歲月頹，轉覺日不如」，六首曰「此生難再值，竟此歲月駛」，七首曰「日月不肯遲，四時相催迫」，九首曰「順流追時遷，日沒星與昴，勢翳西山巔」，十首曰「時駛不可稽」、「倏忽日月虧」，十一首曰「四顧慘風涼」，其疊言老大之恨，字字淚下，一至於此。第十二首，特殿之以婉孌柔童，與前歎老相映，努力養真，必於少壯之時，然後可以返老還童，庶幾非常也，淒悲也，難久也，知老也，力衰也，難再值也，途窄也，時駛時遷也，皆可以無歎乎！若迨老而始圖，則無及矣。結法最工，而其寓意深遠，則尤在言外。前此所恨老大者，胸中無限抱負，曰「及時當勉勵」，曰「猛志逸四海」，曰「寒氣激我懷」，曰「有志不獲騁」，曰「此心稍已去」，曰「一心處兩端」，曰「此情久已離」，如斯胸趣，直欲掀揭乾坤，豈但為一己長生計？而到此結穴，但曰「養色含津氣，粲然有心理」，銷壯心於閒心之中，斂至理於玄理之內，所謂志四海、逸四海者，一丘一壑，導引吐納以自了而已。志果獲騁耶？懷遂免激耶？心可云不去，情可云不離耶？舉不能也。縱活千年，亦復何用。低徊繹之，然後知斯言也，元亮遠遊之一賦也。腸太熱，意太壯，故入世多恨。使從少之時，專意頤養，不問世事，臟腑之間，別是一副心理，又何處可著許多憂愁哉？極愁之後，結以不復言愁，而愁乃愈深。

2.又，黃文煥《陶詩析義》卷四：

【其一「人生無根蒂」】（「落地為兄弟」二句）合既生之後未生之前，作此幻喻。逐風原無定處，落地何必認真。未墜胞胎，安稟形質？本自無身，復何云常？此一逐風也。睽離萬變，無所不有，身則各其，常竟安在？又一逐風也。溘然物化，朝不保夕，身之滅矣，寧有常期？此又一逐風也。專言兄弟者，此畢生情親之身猶不保其常，況他人乎？何必親者，言未必如其骨肉之顧也。（「斗酒聚比鄰」句）「比鄰」與「兄弟」相應。失常，則兄弟非親；得歡，則比鄰宜聚。（「歲月不待人」句）不待，不來，一意復言，以為催喚。

案：〈雜詩〉八首，多歎老嗟貧，應為淵明晚年所作。前八首，作於淵明五十歲。第九首以下詠歎行役之苦，內容與前八首不同。第十二首則似詠物。本詩感慨時光流逝，盛年不再，而人本無常，隨緣而定，不必過於局限骨肉親情。人們應以兄弟相待，和睦相處，也應及時勉勵。

其二

白日淪西阿（一），素月出東嶺。遙遙萬里輝，蕩蕩（二）空中景。風來入房戶，夜中枕席冷。氣變悟時易，不眠知夕永。欲言無予和，揮杯勸孤影。日月擲人去，有志不獲騁（三）。念此懷悲悽，終曉不能靜。

【注釋】

（一）西阿：西山。

（二）蕩蕩：廣大貌。

（三）騁：馳騁、施展，展布之意。

【詩評選輯】

1. 元・吳師道《吳禮部詩話》：

【其二「白日淪西阿」】《雜詩》第二首「日月擲人去，有志不獲騁。」陶翁之志非他，忠憤而已。「念此還悲悽，終曉不能靜」，此與〈述酒〉篇「流淚抱中歎，傾耳聽司晨」意同。

2. 清・吳菘《論陶》：

「白日淪西阿，素月出東嶺」，因時起歎。「日月擲人去」正應此。擲人去，正西方淪而東已出之意，所以悲悽終曉也。

3. 清・方東樹《昭昧詹言》卷四：

《雜詩》十二首，阮亭止選「白日淪西阿」一篇。此篇亦無奇，但白描情景，空明澂澈，氣韻清高，非庸俗摹習所及。

案：本詩白描寫景。素月清暉，天氣變易，自己長夜不眠，歎歲月流逝，己則空有報國之志，未能展布，孤獨苦悶。

其三

榮華難久居，盛衰不可量。昔為三春蕖(一)，今作秋蓮房。嚴霜結野草，枯悴未遽央(二)。日月有環周，我去不再陽(三)。眷眷往昔時，憶此斷人腸。

【注釋】

（一）蕖：芙蕖，即荷花。
（二）未遽央：尚未馬上完。
（三）「我去」句：《莊子‧齊物論》：「近死之心，莫使復陽也。」

【詩評選輯】

1. 明‧黃文煥《陶詩析義》卷四：

（「嚴霜結野草」句）「結」字工於體物，柔卉被霜，萎亂紛紜，根葉輒相糾纏，道盡極目。（「枯悴未遽央」句）半死半生之況，尤為慘戚，「未遽央」三字，添得味長。

2.清・邱嘉穗《東山草堂陶詩箋》卷四：

大意謂晉亡於宋，昔盛今衰，如荷之春生秋謝，今宋之陰意殺物，如霜降草枯，雖日月環周，而我遂一去不復再見天子當陽時候，能不感昔而斷腸哉！

3.清・馬墣《陶詩本義》卷四：

感歎人生不如草木。蓋人事之盛衰倚伏亦同草木，惟老少不能如草木，所以少時堪眷。

案：本詩感慨人生如草木，傷昔盛今衰。

其四

丈夫志四海，我願不知老。親戚共一處，子孫還相保。觴絃(一)肆朝日，樽中酒不燥(二)。緩帶盡歡娛，起晚眠常早。孰若當世士，冰炭(三)滿懷抱。百年歸丘壟(四)，用此空名道。

【注釋】

(一)觴絃：宴飲歌舞。

(二)燥：乾也、空也。

(三)冰炭句：冰炭，喻彼此不相容。《韓非子・顯學第五十》：「冰炭不同器而久。」(《韓非子集解》、《新編諸子集成》，世界)

（四）丘壟：指墳墓。

【詩評選輯】

1.清·邱嘉穗《東山草堂陶詩箋》卷四：

公本志四海人，但志不獲騁後，願聚天倫之真樂，而於勢利空名，直視之如糞土耳。

2.清·溫汝能《陶詩彙評》卷四：

親戚一處，子孫相保，非處順境者，難覯此景象，而況亂世乎？語語質，語語真。有此真樂，便可縱飲忘憂，此淵明所以甘於隱遁而不悔者，其在斯歟？

3.清·鄭文焯《陶集鄭批錄》：

鄭文焯曰：此蓋深慨夫當世之攘名利、同室操戈、所謂狂馳百年中者，至親舊子孫不相保，豈知富貴有時而盡，榮樂止乎其身，甚可悲也。又曰：《晉安帝紀》，虛尊假號，異術同亡，蓋言襲禪代之美名，陰召篡弒之實，既亡也勿諸，可為深誡。

案：本詩前八句寫希望長生不老，與家人團聚，盡情歡樂。後四句寫世人追求功名，不免一死，歸之空無。淵明本有四海之志，然不獲馳騁，轉以天倫之樂為真樂，斷念空名。

其五

憶我少壯時，無樂自欣豫（一）。猛志逸四海，騫翮思遠翥（二）。荏苒歲月頹，此心稍已去。值歡無復娛，每每多憂慮。氣力漸衰損，轉覺日不如。壑舟無須臾（三），引我不得住（四）。前塗當幾許，未知止泊處。古人惜寸陰，念此使人懼。

【注釋】

（一）欣豫：歡樂安適。

（二）騫翮句：騫，飛舉貌。翮，羽莖也。遠翥，遠飛。

（三）壑舟句：《莊子・大宗師第六》藏舟於壑，藏山於澤，謂之固矣。然而夜半，有力者負之而走，昧者不知也。（《莊子集釋》，世界）

（四）住：留住，留駐青春。

【詩評選輯】

1. 清・吳瞻泰《陶詩彙評》卷四：

詩意極有漸次，層層翻轉，所謂情隨年減也。始而猶計歲月，漸且計日矣。

2. 清・馬墣《陶詩本義》卷四：

此首歎身已衰老而學行未成也。

案：本詩言作者少壯勇猛心志，今則年老無成。詩意極有層次，隨年長而志氣遞減，未有停息，令人憂懼。

其六

昔聞長者言，掩耳每不喜。奈何五十年，忽已親此事。求我盛年歡，一毫無復意。去去轉欲遠，此生豈再值。傾家時作樂，竟此歲月駛。有子不留金（一），何用身後置。

【注釋】

（一）有子不留金：漢時，疏廣、疏受事，見《漢書·疏廣傳第四十一》。此指疏廣、疏受散盡皇帝、皇太子賞金，不留給後代，以為惕勵。

【詩評選輯】

1. 宋·李公煥《箋註陶淵明集》卷四

【其六「昔聞長者言」】按此詩，靖節年五十作也。時義熙十年甲寅初，盧山東林寺主釋慧遠，集緇素百二十有三人，於山西巖下般若臺精舍結白蓮社，歲以春秋二節同寅協恭，朝宗靈像也。及是秋七月二十八日，命劉遺民撰同誓文，以申嚴斯事。其間譽望尤著，為當世推重者，號社中十八賢，劉遺民、張詮、雷次宗、宗炳、周續之、張野等預焉。時秘書丞謝靈運才學為江左冠，而負才傲物，少所推挹，一見遠公，遽改容致敬，因於神殿後鑿二池，植白蓮，以規求入社。遠公察其心襟，拒之。靈運晚節疏放不檢，果不克令終。中書侍郎范寧直節立朝，為權貴潛忌，出守豫章，遠公移書邀入社，寧辭不至，蓋未能頓委世緣也。靖節與遠公雅素，寧為方外交，而不願齒社列，遠公遂作詩博酒，鄭重招致，竟不可詘。按梁僧慧皎《高僧傳》，遠公持律精苦，雖豉酒米汁及蜜水之微，且誓死不犯，乃欽靖節風概，願我能致之者，力為之不假恤。靖節反麾而謝之，或與樵蘇田父。班荊道舊，於何庸流能窺其趣哉？靖節每來社中。一日謁遠公，甫及寺外，聞鐘聲，不覺顰容，遽命還駕。法眼禪師晚參示眾云：「今夜鐘鳴，復來有何事？若是陶淵明，攢眉却迴去。」此靖節洞明心要，惟法眼特為揄揚。張商英有詩云：「虎溪回首去，陶令趣何深。」謝無逸詩云：「淵明從遠公，了此一大事。下視區中賢，略不可人意。」遠公居山餘三十年，影不出山，蹟不入俗，送賓游履，常以虎溪為界。他日偕靖節、簡寂禪觀主陸修靜語道，不覺過虎溪數百步，虎輒驟鳴，因相與大笑而別。石恪遂作〈三笑圖〉，東坡贊之；李伯時〈蓮社圖〉，李元宗紀之。足標一時之風致云。

2. 清・溫汝能《陶詩彙評》卷四：

《年譜》義熙十年甲寅，公年五十。此詩是年所作，故云「奈何五十年」也。計其棄官歸來，至是得十年，故下章又云「荏苒經十載，暫為人所羈」也。起句接上章來，具見章法。

案：本詩言淵明感歎歲月流逝年已五十，漸漸衰老，棄官歸隱已歷十載，時而傾家作樂而已。並言「有子不留金」，不管身後事。

其七

日月不肯遲，四時相催迫。寒風拂枯條，落葉掩長陌。弱質與運頹，玄鬢早已白。素標（一）插人頭，前塗漸就窄。家為逆旅舍，我如當去客。去去欲何之，南山有舊宅。

【注釋】

（一）素標：白髮在頭，若標記然，故曰。

【詩評選輯】

1. 清・邱嘉穗《東山草堂陶詩箋》卷四：

此與〈神釋〉篇所謂「老少同一死，正宜委運去」數語同意。恐亦破東林淨土之說。此言亦達甚，以家為逆旅，以南山墓冢為舊宅，公蓋視死如歸耳。公〈自祭文〉亦云：「陶子將辭逆旅之館，永歸於本宅。」是此詩確證。

2. 清・溫汝能《陶詩彙評》卷四：

靖節早年髮白，故云「玄鬢早已白」也。

案：本詩感慨時光飛逝，人生如寄。白髮在頭，前途漸窄，充滿著悲傷。並以家為逆旅，以南山墓冢為舊宅，視死如歸之意。

其八

代耕[一]本非望，所業在田桑。躬親未曾替[二]，寒餒常糟糠。豈期過滿腹，但願飽粳糧。御冬足大布，粗絺以應陽[三]。正爾不能得，哀哉亦可傷。人皆盡獲宜，拙生失其方。理也可奈何，且為陶一觴。

【注釋】

（一）代耕：出仕。

（二）替：廢。《楚辭・離騷》有：「謇朝誶而夕替。」

（三）御冬二句：大布，粗布。絺，細葛布。《詩・葛覃》為絺為綌云：葛布之細者為絺，粗者為綌。（參屈萬里《詩經詮釋》，聯經）

【詩評選輯】

1. 清・何焯《義門讀書記・陶靖節詩》：

「拙生失其方」，自謂謀道不謀食也。

2. 清・邱嘉穗《東山草堂陶詩箋》卷四：

此公自述其彭澤歸來，饑寒窮困之狀，而卒安於命也。以「田桑」二字總起，中間「衣食」二項，應上田桑，妙在不排。

案：詩歎己歸耕不足以救貧，「拙生失其方」，言己才拙性剛，在政治上難以展布才華，亦抨擊社會不公，也表明安貧樂道的人生態度。

其九

遙遙從羈役，一心處兩端〔一〕。掩淚汎東逝，順流追時遷。日沒星與昴〔二〕，勢翳〔三〕西山巔。蕭條隔天涯，惆悵念常餐。慷慨思南歸，路遐無由緣〔四〕。關梁難虧替〔五〕，絕音寄斯篇。

【注釋】

（一）兩端：謂一心而作兩種打算。《史記・信陵君列傳第十七》卷七十七：「魏王恐，使人止晉鄙，留軍壁鄴，名為救趙，實持兩端以觀望。」（藝文）

（二）星：星宿名，亦稱七星。二十八宿之一。昴：星宿名。二十八宿之一。《說文》：「昴，白虎宿星。」《尚書・堯典第一》：「日短星昴，以正仲冬。」孔傳：「昴，白虎之中星。」（商務四部叢刊）

（三）勢：形勢，此指星與昴在天空中的位置。翳：不明貌。

（四）無由緣：指歸去無因。《文選》曹植〈與吳季重書〉：「天路高邈，良無由緣。」應璩〈別詩〉：「遠適萬里道，歸來未有由。」（四部叢刊）

（五）關梁：關隘和橋梁，指水路交通要道。《呂氏春秋・孟冬》：「謹關梁。」高誘注：「關梁所以通塗也。」庾翼〈與兄冰書〉：「歲星犯天關，占云關梁當分。」虧替：廢止。此句即《楚辭・九辯》「關梁閉而不通」之意。

【詩評選輯】

1. 明・黃文煥《陶詩析義》卷四：

【其九「遙遙從羈役」】（「遙遙從羈役」二句）身在途而魂在家，旅況耿耿。（「掩淚汎東逝」二句）以掩淚為致悲，以順流為致喜，時之遞遷，豈可及追哉？順流遂足追乎？妝癡生韻。（「關梁難虧替」二句）關梁盤詰，添遐，此後音信俱絕，句意曲。

2. 清・溫汝能《陶詩彙評》卷四：

此當是懷思之作，其中情致綿邈，遠無由達，真不覺有天南地北之感。

案：詩中言不得已出仕，慷慨思歸之情，所謂「身在途而魂在家」。

其十

閒居執蕩志（一），時駛不可稽（二）。驅役無停息，軒裳逝東崖（三）。沈陰擬薰麝（四），寒氣激我懷。歲月有常御（五），我來淹已彌（六）。慷慨憶綢繆（七），此情久已離。荏苒經十載（八），暫為人（九）所羈。庭宇翳餘木，倏忽日月虧。

【注釋】

（一）蕩志：指放縱心志。《楚辭・九章・思美人》：「吾將蕩志而愉樂兮，遵江夏而娛憂。」（藝文）

（二）稽：《說文》：「稽，留止也。」《後漢書・彭寵傳》：「勿稽留之。」李賢注：「稽，停也。」（藝文）

（三）軒：車。裳：車帷。東崖：指東海邊。崖，猶海隅。

（四）擬：向也。王洽〈與林法師書〉：「後學遲疑，莫知所擬。」《晉書・文帝紀》卷二：「四年春二月……治兵繕甲，以擬二虜。」董司：即董督。此指劉裕。《晉書・列傳第三十六・陶侃傳》卷六十六：「往年董督，徑造湘城。志凌雲霄，神機獨斷。」《晉書・列傳第四十九・謝玄傳》卷七十九：「復令臣荷戈前驅，董司戎首。」（藝文）

（五）常御：猶常度，常規。御，行也。《易・文言》：「以御天也。」

（六）淹：《左傳》宣公十二年：「二三子無淹久。」杜預注：「淹，留也。」彌：久長。

（七）綢繆：指妻室。丁福保《陶淵明詩箋注》云：「《詩・唐風・綢繆》，婚姻不得時，故古詩皆以綢繆為婚姻之稱。（藝文）

（八）「荏苒」句：淵明於太元二十一年丙申（西元三九六）初仕江州祭酒，至義熙元年乙巳（西元四〇五），前後共十年。

（九）人：人事，指仕宦。〈祭從弟敬遠文〉：「余嘗學仕，纏綿人事。」

【詩評選輯】

1. 明・黃文煥《陶詩析義》卷四：

【其十「閒居執蕩志」】志之善蕩，非執之不可止也。稽，稽留也。志可執，時不可留也。（「沈陰擬薰麝」二句）沈陰不破，擬薰香以敵之，庶幾香煙升而陰況開乎。此中藏多少感憤。陰結而為寒，彼氣愈盛，我力愈弱。積懷受激，云如之何，諉諸天運之常，從來已久，孤身綢繆之難，亦從來久矣。下句「常御」字、「久離」字、「暫羈」字，承映生憤。

2. 清・馬墣《陶詩本義》卷四：

此首言時無可為。

案：古直《陶靖節詩箋》云：「驅役」二句，追憶為鎮軍參軍時，從討孫恩事也。「沈陰」二句，喻亂已極；「荏苒」二句，言弱冠出仕至歸田，凡十載也。庭翳餘木，日月忽虧，言晉室亡滅也。（廣文）。則本詩旨在傷懷國事。

其十一

我行未云遠，回顧慘風涼。春燕應節（一）起，高飛拂塵梁。邊雁悲無所，代謝歸北鄉。離鵾鳴清池（二），涉暑經秋霜。愁人難為辭，遙遙春夜長。

【注釋】

（一）應節：當節，隨節。應，當也。《古詩》：「寒涼應節至。」

（二）「離鵾」句：鵾，水鳥名。古直《陶靖節詩箋》云：「嵇叔夜〈琴賦〉：『嚶若離鵾鳴清池。』」（廣文）

【詩評選輯】

1. 明・黃文煥《陶詩析義》卷四：

【其十一「我行未云遠」】（「春燕應節起」句）燕以社來，故曰應節。諸首言風冷，言春薬、秋房、寒風、寒氣、御冬、應陽，分列四時，此復總敘一番，結以愁人難為辭。前此寫愁雖無辭不盡，然愁胸無限，即千言何嘗能罄，辭等無辭耳，最為低黯。

2.清・邱嘉穗《東山草堂陶詩箋》卷四：

賦而比也，「慘風」比晉亡宋興時，「春燕」比附宋諸臣，「邊雁」公自比，「離鵾」亦比當時勞人，此愁人所以怨長夜也。

案：本詩春天所作，故言「春燕應節起」、「遙遙春夜長」。詩中以「雁」、「鵾」悲其無所。古直《陶靖節詩箋》云：「春燕」二句，指劉裕應時而起，遂傾晉室也；「邊雁」二句，指司馬林之奔魏而死，魏在北故云北鄉，「離鵾」二句，指韓延之義不負主，追隨休之奔亡，……（廣文）。或如邱嘉穗之說，本詩有感於國事。

其十二

嫋嫋松標崖（一），婉孌（二）柔童子。年始三五間（三），喬柯何可倚。養色含精氣（四），粲然（五）有心理。

【注釋】

（一）嫋嫋：《楚辭・九歌・湘夫人》：「嫋嫋兮秋風，洞庭波兮木葉下。」王逸《楚辭章句》：「嫋嫋，秋風搖木貌。」（藝文）。《文選》左思〈吳都賦〉：「嫋嫋素女。」李善注：「嫋嫋，美也。」標：《文選》任彥昇〈王文憲集序〉：「黃琬之早標聰察。」李善注：「標，立也。」（四部叢刊）

（二）婉孌：年輕姣好貌。《毛詩・齊風・甫田》卷五：「婉兮孌兮。」毛《傳》：「婉孌，少好貌。」（四部叢刊）

（三）三五間：十五歲左右。

（四）養色：保養神色。精氣：指人之元氣。古直《陶靖節詩箋》云：「《老子》：『專氣致柔，能嬰兒。』河上公注：「專守精氣而不亂，則形體能應之而柔順。」又，《呂氏春秋・先己》：「精氣日新，邪氣盡去。」《淮南子・精神訓》：「精氣為人。」（世界）

（五）粲然：笑貌。《文選》郭璞〈遊仙詩〉：「靈妃顧我笑，粲然啟玉齒。」（四部叢刊）

【詩評選輯】

1. 明・黃文煥《陶詩析義》卷四：

【其十二「嫋嫋松標崖」】嫋嫋之松，足以標崖。初為弱枝，後成蒼幹，其質有之也。婉孿柔童，同彼嫋嫋，然由始計後，脆質豈如喬柯之足恃，惟咽津導氣則幾矣。語最曲。

2. 清・邱嘉穗《東山草堂陶詩箋》卷四：

比也，通篇俱指嫩松說，而正意自可想見，「童子」句亦喻嫩松也，意公以松自居，望後生輩如嫩松之養柯植節也，故附篇末。玩「嫋嫋」二字及「喬柯」等句，非三五年始生之小松而何？

案：以「婉孌」年輕姣好喻後生。邱嘉穗《東山草堂陶詩箋》云：「意公以松自居，望後生輩如嫩松之養柯植節也，故附篇末。」，借幼松以期盼後輩而為「喬柯」。

詠貧士

其一

萬族各有託，孤雲（一）獨無依。曖曖（二）空中滅，何時見餘暉。朝霞開宿霧，眾鳥相與飛（三）。遲遲出林翮，未夕復來歸。量力守故轍（四），豈不寒與飢。知音苟不存，已矣何所悲。

【注釋】

（一）孤雲：《文選》李善注：「孤雲，喻貧士也。」

（二）曖曖：昏暗貌。

（三）「朝霞」二句：劉履《選詩補注》卷五：「所謂朝霞開霧，喻朝廷之更新；眾鳥群飛，比諸臣之趨附。」（引自龔斌《校箋》）

（四）故轍：指歸隱守志之道。

【詩評選輯】

1. 元・劉履《選詩補註》卷五：

且所謂朝霞開霧，喻朝廷之更新；眾鳥羣飛，比諸臣之趨附。而遲遲出林，未夕來歸者，則又自況其審時出處與眾異趣也。

2.明・黃文煥《陶詩析義》卷四：

貧士多列古人，初首歎今世之無知音，後六首追古人之有同調。志趣所宗，以受厄陳蔡之孔氏，耕稼陶漁之重華，立貧士兩大榜樣，此是何等地步。就中拈出聖門諸高足子路、原憲、子貢，作一班。

3.明・鍾伯敬、譚元春《古詩歸》卷九：

（「萬族各有託」二句）譚元春曰：以貧士為孤雲，聲價高矣。鍾伯敬曰：「孤雲獨無依」，妙矣。老杜又曰「孤雲亦羣遊」，古人妙想無窮如此。然「獨」字「羣」字，語若相翻，而機實相引。（「朝霞開宿霧」二句）鍾伯敬曰：兩句連看才有景。（「量力守故轍」句）譚元春曰：五字有品。

4.清・吳菘《論陶》：

〈詠貧士〉第一首寫明正意。第二首極寫饑寒，結言何以致此，未免有慍，作一開，賴有前賢，以慰吾懷，作一闔，又以古賢起下諸人。末首結句作一大結，與第二首結句對照；邈哉前修，賴古多此賢也，誰云固窮難足以慰吾懷矣。七首一氣。

案：龔斌《校箋》云：「〈詠貧士〉七首，首章總冒，次章自詠，下五章詠古代貧士，表達效法古賢，固窮守志的節操。整組詩結構完整，一氣呵成，當為一時之作。」又云：「年饑感仁妻」（其七）句之「年饑」，即年災，蓋指元嘉二三年間旱蝗之災。「惠孫一晤歎，腆贈竟莫酬。」二句，正喻檀道濟餽粱肉，淵明亹而去之事。又詩云「淒厲歲云暮」，則此詩當作於元嘉三年（西元四二六）冬日。時淵明五十八歲。本詩先以孤雲興托孤苦無依，繼以「眾鳥」之附炎趨勢與己之「失群鳥」不同，蓋量力只能守「故轍」。「豈不寒與饑」，何嘗不就指自己？末言知音不存，無須悲哀己之遭遇。

其二

淒厲歲云暮，擁褐曝前軒(一)。南圃無遺秀(二)，枯條盈北園。傾壺絕餘瀝，窺竈不見煙。詩書塞座外，日仄(三)不遑研。閒居非陳厄，竊有慍見言(四)。何以慰吾懷，賴古多此賢(五)。

【注釋】

（一）「擁褐」句：言穿著破衣晒太陽取暖。

（二）遺秀：餘穗。

（三）日仄：日西斜。

（四）「閒居」二句：《論語·衛靈公》：「在陳絕糧，從者病，莫能興。子路慍見曰：『君子亦有窮乎？』子曰：『君子固窮，小人窮斯濫矣』。」（世界）按，〈與子儼等疏〉云：「但恨鄰靡二仲，室無萊婦。」（卷七）。淵明安貧樂道固無愧色，但妻子翟氏極有可能因淵明辭官而發過怨言，鄉親或有「閒居非陳厄」的議論。故此二句不妨視為淵明窮居後的真實寫照。

（五）此賢：指以下各篇所詠古人。

【詩評選輯】

1. 清・陳祚明《采菽堂古詩選》卷十四：

「傾壺」等句質極。自古夫窮非自取者，天也，無可怨也。今茲之貧，似應多悔，賴古賢固窮，復以何憾。

2. 清・邱嘉穗《東山草堂陶詩箋》卷四：

通篇極陳窮苦之狀，似覺無聊，却忽以末二句撥轉，大為貧士吐氣。章法之妙，令人不測，大要只善於擒縱耳。公自作〈五柳先生傳〉云：「環堵蕭然，不蔽風日，短褐穿結，簞瓢屢空；晏如也。」即此詩之意。「閒居非陳厄」二句，是欲揚先抑之法，將以反起「何以慰吾懷」二句耳，非公真有慍見言也。蕭統評其文云「抑揚爽朗，莫之與京」，此類是也。

案：本詩敘述作者歲末窮苦之狀，妻兒或因窮困怨言，與己之安貧樂道，取法前賢，思想頗有出入。末二句以安貧樂道之前賢慰己。

其三

榮叟老帶索，欣然方彈琴（一）。原生納決履（二），清歌暢商音。重華（三）去我久，貧士世相尋。弊襟不掩肘，藜羹（四）常乏斟。豈忘襲輕裘，苟得（五）非所欽。賜也徒能辯（六），乃不見吾心。

【注釋】

(一)「榮叟」二句：榮叟，指春秋時隱士榮啟期。見《飲酒》其二注。

(二)「原生」句：古直《陶靖節詩箋》引《韓詩外傳》云：原憲居魯，子貢往見之。原憲應門，振襟則肘見，納履則踵決。子貢曰：『嘻！先生何病也？』憲曰：『憲貧也，非病也。仁義之匿，車馬之飾，憲不忍為也。』子貢慚，不辭而去。憲乃徐步曳杖，歌〈商頌〉而返，聲淪於天地，如出金石。」(廣文)

(三)重華：虞舜號。

(四)藜羹：菜湯。

(五)苟得：《禮記・曲禮》上：「臨財無苟得。」孔穎達疏：「非義而取，謂之苟得。」此即孔子「不義而富且貴，於我如浮雲」之意。

(六)「賜也」句：賜，端木賜，字子貢，孔子弟子。此處可能暗指翟氏「利口巧辭」、「善辯」。

【詩評選輯】

1. 明・何孟春《陶靖節集》卷四：

【其三「榮叟老帶索」】《莊子》：曾子居衛，捉衿肘見，納履踵決，曳縱而歌，聲滿天地。原憲居魯，子貢曰：「先生何病？」曰：「仁義之慝，與馬之飾，憲不忍為也。」此詩決履清歌，俱以為原，蓋因二人之事偶合用耳。

2. 清・何焯《義門讀書記・陶靖節詩》：

非獨遠於人情。生不逢堯與舜禪，則宜以榮期、原思自居，求無愧於仲尼而已。如子貢所以告二子者，姑舍是可也。

3.清・邱嘉穗《東山草堂陶詩箋》卷四：

上二首皆陶公自述其貞志不休、安道苦節之意。以下五首乃歷引古之貧士為證，即承上章「賴古多此賢」句，說來字字皆為自己寫照。余嘗玩公此下數詩，皆不過借古人事作一影子說起，便為設身處地，以自己身分推見古人心事，使人讀之若詠古人，又若詠自己，不可得分，此蓋於敘事後，以議論行之，不必沾沾故實也，最可為述古之法。「重華去我久」，意指晉帝而言。「賜也徒能辯」，亦指當時勸之仕者。

4.清・溫汝能《陶詩彙評》卷四：

始終以原憲自況。其所以能安貧者，惟不萌苟得之念而已。世上縱多子貢，安能以外至之紛華而變吾不易之素志哉。

案：以榮啟期、原憲「納決履」、「弊襟不掩肘、藜羹常乏斟」自比，其窮苦可知；「賜也徒能辯」，似指其妻，言不獲妻子翟氏諒解，心中淒苦，油然而生。

其四

安貧守賤者，自古有黔婁(一)。好爵吾不榮，厚饋吾不酬。一旦壽命盡，弊服仍不周(二)。豈不知其極，非道故無憂(三)。從來將千載，未復見斯儔。朝與仁義生，夕死復何求。

【注釋】

（一）《高士傳》：「黔婁先生者，齊人也。修身清節，不求進於諸侯。魯恭王聞其賢，遣使致禮，賜粟三千鍾，欲以為相，辭不受。齊王又禮之，以黃金百斤聘為師，又不就。」

（二）「一旦」二句：劉向《列女傳・魯黔婁妻》傳：「先生死，曾子與門人往弔之。其妻出戶，曾子弔之。上堂，見先生之尸在牖下，枕墼席藁，緼袍不表，覆以布被，手足不盡斂，覆頭則足見，覆足則頭見。」（台灣商務）

（三）「非道」句：貧與道無關，故無憂。《論語・衛靈公》：「君子憂道不憂貧。」

【詩評選輯】

1. 清・邱嘉穗《東山草堂陶詩箋》卷四：

只以己意代古人設想，便已推出一番至理。大抵善述古者，固不必古人有是事，並不必古人有是心。如四書中引《詩》，皆吾說既立而借彼為助，雖斷章取義，無不可也，況又深得其本意者乎。「朝與仁義生，夕死復何求」，靖節所見，真得聖賢居易俟命、存順沒寧之意，視彼東林諸人懼死之至，而欲以坐己立脫、妄意超生三界者，豈不惑之甚哉。

2. 清・溫汝能《陶詩彙評》卷四：

上章並舉榮、原，而竊自慕於憲之安貧，思附聖人之徒以明其志。此章專舉黔婁，自比其安貧守賤之操，堅且決矣。或謂黔婁之行似近於矯，先生豈若是耶？然自棄官歸來，不事依託，無求於世，其特立獨行，蓋有若此者。

案：詩以齊人黔婁一生窮困為例，貧與道無關。而黔婁死，身上蓋的布被，蓋到頭就蓋不到腳，蓋到腳又蓋不到頭，曾子向夫人建議，把布斜起來，頭腳都可蓋到。黔婁夫人說：「斜而有餘，不如正而不足也。先生以不邪之故，以至於此。」曾子不能回答。淵明主張「憂道不憂貧」。即〈五柳先生傳〉引黔婁云：「不戚戚於貧賤，不汲汲於富貴」之意。所謂求仁得仁，求義得義，不是世俗得富貴者可比。

其五

袁安困積雪(一)，邈然不可干。阮公(二)見錢入，即日棄其官。芻藁有常溫(三)，採莒(四)足朝餐。豈不實辛苦，所懼非飢寒。貧富常交戰，道勝無戚顏。至德冠邦閭，清節映西關(五)。

【注釋】

（一）袁安，字邵公，東漢、河南汝陽人。《後漢書・列傳第三十五・袁安傳》注引〈汝南先賢傳〉：「時大雪積地丈餘，洛陽令自出案行，見人家皆除雪出，有乞食者。至袁安門，無有行路。謂安已死，令人除雪入戶，見安僵臥。問何以不出。安曰：『大雪人皆餓，不宜干人。』令以為賢，舉為孝廉。」（藝文）

（二）阮公：其人其事不詳。

（三）「芻藁」：芻藁本供馬食，而貧者藉之以眠，故曰有常溫。

（四）莒：《說文》：齊謂芋為莒，從草呂聲。（藝文）。又，稆，野生稻米。莒或為稆之譌誤。

（五）西關：地名。逯欽立《陶淵明集》云：「蓋指阮公故里。」（引自《校箋》）

【詩評選輯】

1. 清・何焯《義門讀書記・陶靖節詩》：

苟求富樂，則身敗名辱，有甚於飢寒者，故不戚戚於貧賤，但恐修名之不立也。

2. 清・沈德潛《古詩源》卷九：

「所懼非飢寒」、「所樂非窮通」二語，可書座右。

3. 清・溫汝能《陶詩彙評》：

「道勝無戚顏」一語，是陶公真實本領，千古聖賢身處窮困而泰然自得者，皆以道勝也。顏子簞瓢陋巷，不改其樂，孔子以賢稱之，論者謂廁陶公於孔門，當可與屢空之回同此真樂，信哉！

案：淵明以袁安、阮公安貧自比，生活苦不可怕，怕的是得非其道，所謂「道勝無戚顏」，泰然自得。袁安可謂貧而不諂，阮公可謂臨財不苟，即固窮之節。

其六

仲蔚愛窮居(一)，遶宅生蒿蓬。翳然決交游，賦詩頗能工。舉世無知者，止有一劉龔(二)。此士胡獨然，實由罕所同。介焉安其業，所樂非窮通。人事固以拙，聊得長相從。

【注釋】

（一）仲蔚：皇甫謐《高士傳》：「張仲蔚者，平陵人也。與同郡魏景卿，俱修道德，隱身不仕。明天官博物，善屬文，好詩賦。常居窮素，所處蓬蒿沒人，閉門養性，不治榮名。時人莫知，唯劉龔知之。」（藝文）

（二）劉龔：《後漢書・列傳第二十上・蘇竟傳》：「龔字孟公，長安人，善論議，扶風馬援、班彪並器重之。」（藝文印書館）

【詩評選輯】

1. 清・沈德潛《古詩源》卷九：

不懼飢寒，達天安命，陶公人品，不在季次、原憲下，而概以晉人視之何耶？

2. 清・溫汝能《陶詩彙評》卷四：

《莊子》云：「古之得道者，窮亦樂，通亦樂，所樂非窮通也。」陶公得道之士，故自言所樂不在此。起語一「愛」字，見貧士之異，然非貧士異人，人自異貧士耳。所罕同者，以其介焉安之也。周青輪謂「此士胡獨然」一問，覺前半六句俱動，可謂善會。

案：以張仲蔚自比，卻無劉龔相知，安天知命，窮約樂，通顯亦樂，以見淵明之豁達。

其七

昔在黃子廉（一），彈冠（二）佐名州。一朝辭吏歸，清貧略難儔。年飢感仁妻，泣涕向我流。丈夫雖有志，固為兒女憂。惠孫（三）一晤歎，腆贈（四）竟莫酬。誰云固窮難，邈哉此前脩。

【注釋】

（一）黃子廉：其人其事不詳。或曰三國時黃蓋為其後人。
（二）彈冠：比喻出仕。
（三）惠孫：其人不詳。
（四）腆贈：厚贈。腆，豐厚，美好。

【詩評選輯】

1. 清・邱嘉穗《東山草堂陶詩箋》卷四：

此借古人以自況其彭澤歸來與妻孥安貧守道之意。本傳稱其妻翟氏亦能安勤苦，與公同志，「年饑感仁妻」數語，似為此而發。

2. 清・馬墣《陶詩本義》卷四：

末二句總結後五首，又應第二首結句「賴古多此賢」意。前二首自詠，後五首承「賴古多此賢」句，以見貧者世世相尋之意，而淵明亦自在其內也。

案：詩以黃子廉、惠孫「君子固窮」自比，安貧守道之意。世之固窮自守者不多，但能安貧守賤者，歷代仍有，可見安貧守道之志節為君子、小人的分野，有則君子，無則小人。

詠二疏（一）

大象（二）轉四時，功成者自去（三）。借問衰周來，幾人得其趣。游目漢廷中，二疏復此舉。高嘯返舊居，長揖儲君傅（四）。餞送傾皇朝，華軒盈道路。離別情所悲，餘榮何足顧。事勝感行人，賢哉豈常譽。厭厭（五）閭里歡，所營非近務（六）。促席（七）延故老，揮觴道平素。問金終寄心，清言曉未悟（八）。放意樂餘年，遑恤（九）身後慮。誰云其人亡，久而道彌著。

【注釋】

（一）二疏：西漢疏廣及其侄疏受，東海蘭陵（今山東棗莊東南）人。宣帝時，疏廣為太子太傅；兄子疏受為太子少傅，在位五年。疏廣謂疏受曰：「知足不辱，知止不殆。今名位已至二千石，功成應身退，不去，懼有後悔。」即日上疏乞骸骨，宣帝許之。公卿大夫設祖道供帳東都門外，送者車數百輛。歸里後，不留金錢，每日具設酒食，請族人與相娛樂。（見《漢書・列傳第四十一疏廣傳》，藝文）

（二）大象：《老子》三十五章：「執大象，天下往。」王弼注：「大象，天象之母也。」

（三）「功成」句：《老子》二章：「功成而弗居。」《老子》九章：「功遂身退，天之道。」

（四）「長揖」句：拱手自上而至極下，乃極恭敬之行禮。儲君傅：太子師傅。

（五）厭厭：《詩・小雅・湛露》：「厭厭夜飲。」毛《傳》：「厭厭，安也。」

（六）近務：煩事俗務，如為子孫立產業一類世俗鄙事。

（七）促席：坐席互相靠近。

（八）「問金」二句：《漢書・列傳第四十一・疏廣傳》：「廣既歸鄉里，日令家共具設酒食，請族人故舊賓客，與相娛樂。數問其家金餘尚有幾所，趣賣以共具。居歲餘，廣子孫竊謂其昆弟老人廣所愛信者曰：『子孫幾及君時頗立產業基阯，今日飲食費且盡。宜從丈人所，勸說君買田宅。』老人即以閒暇時為廣言此計，廣曰：『我豈老誖不念子孫哉？顧自有舊田廬，令子孫勤力其中，足以共衣食，與凡人齊。今復增益之以為贏餘，但教子孫怠墯耳。賢而多財，則損其志；愚而多財，則益其過。』（藝文）。清言，《晉書・列傳第二十・郭象傳》：「好《老》《莊》，能清言。」未悟，謂不明事理者。

（九）惶恤：《毛詩・邶風・谷風・卷第三》：「我躬不閱，遑恤我後。」鄭玄《箋》：「惶，暇。恤，憂也。」（四部叢刊）按，上二句言縱情當年，無慮身後，與〈己酉歲九月九日〉詩：「千載非所知，聊以詠今朝」二句意近。

【詩評選輯】

1.宋・蘇軾《東坡題跋》卷二《陶淵明二疏詩》：

此淵明詠二疏也。淵明未嘗出，二疏既出而知返，其志一也。或以謂既出而返，如從病得愈，其味勝於初不病，此惑者顛倒見耳。

2.宋・湯漢註《陶靖節先生詩》卷四：

二疏取其歸，三良與主同死，荊卿為主報仇，皆託古以自見云。

3.清・邱嘉穗《東山草堂陶詩箋》卷四：

此下三詩，皆有次第。〈詠二疏〉去位，所以自況其辭彭澤而歸田也。〈詠三良〉從死，所以自傷其不得從晉恭帝而死也。〈詠荊軻〉刺秦，所以自傷其不得討劉裕篡弒之罪也。東坡〈讀述史九章〉，而曰：「去之五百餘載，吾猶識其意也。」余於是三詩亦云。按此三詩亦是述古體，只如《春秋》書法，據事直書，而寄託之意自見，又與前〈詠貧士〉詩用代筆生議論者不同，蓋恐事跡或涉時忌而不敢深為之說故也，亦是述古一法。但細玩三篇結句，正復無限深情，不待議論而其意已彰彰矣。淵明仕彭澤而歸，亦與二疏同，故託以見意。東坡謂其未嘗出，非也。

案：〈詠二疏〉、〈詠三良〉、〈詠荊軻〉三詩詩體同，內容互相闡發，應為同時之作。〈詠二疏〉言疏廣、疏受功成歸去以自況。〈詠三良〉言子車氏三子與秦穆公同死。〈詠荊軻〉言荊軻為主報仇。

詠三良(一)

彈冠乘通津(二)，但懼時我遺。服勤(三)盡歲月，常恐功愈微。忠情謬獲露，遂為君所私。出則陪文輿(四)，入必侍丹帷(五)。箴規嚮已從(六)，計議初無虧(七)。一朝長逝後，願言同此歸。厚恩固難忘，君命安可違(八)。臨穴罔惟疑(九)，投義志攸希(十)。荊棘籠高墳，黃鳥聲正悲。良人不可贖(十一)，泫然沾我衣。

【注釋】

（一）三良：指秦國子車氏三子奄息、仲行、和鍼虎。《左傳》文公六年：「秦伯任好卒，以子車氏之三子奄息、仲行、鍼虎為殉，皆秦之良也。國人哀之，為賦〈黃鳥〉。」按，即《毛詩・秦風・黃鳥》卷六。後曹植〈三良〉詩、王粲〈詠史〉詩均詠三良事。

（二）通津：交通要道。《古詩十九首》：「何不策高足，先據要路津。」

（三）服勤：殷勤服侍。

（四）文輿：彩飾之車。

（五）丹帷：指帝王所居內庭。傅咸〈贈何劭王濟〉詩：「攜手生玉階，並坐侍丹帷。」

（六）嚮已從：謂出言必應，猶「言聽計從」。

（七）計議：計畫商量。無虧：周詳完備之意。

（八）「一朝」四句：古直《陶靖節詩箋》云：《史記正義》引應劭曰：「秦穆公與羣臣飲，酒酣，公曰：『生共此樂，死共此哀。』於是奄息、仲行、鍼虎許諾。及公薨，皆從死。」（廣文）

（九）「臨穴」句：《毛詩・秦風・黃鳥》卷六：「臨其穴，惴惴其慄。」罔：無。惟疑：懷疑。

（十）攸希：所望。

（十一）贖：贖代。《毛詩・秦風・黃鳥》：「彼蒼者天！殲我良人。如何贖兮，人百其身。」（四部叢刊）

【詩評選輯】

1. 宋・嚴有翼《藝苑雌黃》：

秦繆公以三良殉葬，時人刺之，則繆公信有罪矣。雖然，臣之事君，猶子之事父也。以陳尊己、魏顆之事觀之，則三良亦不容無譏焉。昔之詠三良者，有王仲宣、曹子建、陶淵明、柳子厚。或曰「心亦有所施」，或曰「殺身誠獨難」，或曰「君命安可違」，或曰「死沒寧分張」，曾無一語辨其非是者，惟東坡和陶云：「殺身故有道，大節要不虧，君為社稷死，我則同其歸。顧命有治亂，臣子得從違，魏顆真孝愛，三良安足希。」審如是，則三良不能無罪。東坡一篇，冠絕於古今。

2. 宋・葛立方《韻語陽秋》卷九：

三良以身殉秦繆之葬，〈黃鳥〉之詩哀之。序《詩》者謂國人刺繆公以人從死，則咎在秦繆而不在三良矣。王仲宣云：「結髮事明君，受恩良不貳，臨沒要之死，焉得不相隨。」陶元亮云：「厚恩固難忘，君命安可違。」是皆不以三良之死為非也。至李德裕則謂：「為社稷死則死之，不可許之死。」欲與梁邱據、安陵君同譏，則是罪三良之死非其所矣。然君命之於前，而眾驅之於後，為三良者雖欲不死，得乎？惟柳子厚云：「疾病命故亂，魏氏言有章，從邪陷厥父，吾欲討彼狂。」使康公能如魏顆不用亂命，則豈至陷父於不義如此哉？東坡〈和陶〉亦云：「顧命有治亂，臣子得從遠，魏顆真孝愛，三良安足希。」似與柳子之論合，而〈過秦繆墓〉詩乃云：「繆公生不誅孟明，豈有死之日而忍用其良？乃知三子徇公意，亦如齊之二子從田橫。」則又言三良之殉非繆公之意也。

案：詩論三良之忠義，「遂為君所私」，亦慼慨。後，三良以身殉秦穆之葬，所謂「一身百死，猶為之。」憐惜善人。亦悼張禕之不忍進毒，而自飲先死。

詠荊軻(一)

燕丹善養士，志在報強嬴(二)。招集百夫良(三)，歲暮得荊卿。君子死知己，提劍出燕京。素驥(四)鳴廣陌，慷慨送我行。雄髮指危冠(五)，猛氣衝長纓(六)。飲餞易水上，四座列群英。漸離擊悲筑，宋意唱高聲(七)。蕭蕭哀風逝，淡淡寒波生。商音更流涕，羽奏壯士驚(八)。心知去不歸，且有後世名。登車何時顧，飛蓋(九)入秦庭。凌厲越萬里，逶迤過千城。圖窮事自至，豪主正怔營(十)。惜哉劍術疏，奇功遂不成。其人雖已沒，千載有餘情。

【注釋】

(一)荊軻：戰國末年刺客。其先齊人，徙於衛，衛人謂之慶卿。後至燕，燕人謂之荊卿。好讀書擊劍，與燕之狗屠及善擊筑者高漸離友好，日與屠狗、高漸離飲於燕市，歌且泣，旁若無人。燕太子丹招之，待以上賓之禮。後荊軻為報燕太子丹恩遇，決計赴秦刺秦王。臨行，太子及眾賓客皆白衣冠，至易水之上送之。既至秦，以匕首刺秦王，不中被殺。見《史記・刺客列傳卷二十六》卷八十六（藝文）。

(二)嬴：即秦國，秦王姓嬴氏。

(三)百夫良：《毛詩・秦風・黃鳥》卷六：「維此奄息，百夫之特。」鄭玄《箋》：「百夫之中最雄俊也。」（四部叢刊）

(四)素驥：白馬，凶事所用。阮瑀〈詠史〉詩其二有「素車駕白馬，相送易水津」之句。陶詩「素驥」句殆襲阮瑀詩。

(五)危冠：高冠。危，高聳貌。

(六)長纓：繫冠的絲帶。

（七）「漸離」二句：湯漢《陶靖節先生詩》注：「《淮南子・泰族訓》：『高漸離、宋意，為擊筑而歌於易水之上。』」（引自龔斌《校箋》本）筑，古代擊弦樂器。形似箏，頸細而肩圓，十三弦，弦下設柱，以竹擊之發聲。

（八）「蕭蕭」四句：《史記・刺客列傳第二十六》：「高漸離擊筑，荊軻和而歌，為變徵之聲，士皆垂淚涕泣。又前而為歌曰：『風蕭蕭兮易水寒，壯士一去兮不復還！』復為羽聲忼慨，士皆瞋目，髮盡上指冠。」（藝文）

（九）飛蓋：猶飛車。《文選》劉楨〈公讌〉詩：「輦車飛素蓋。」

（十）「圖窮」二句：《史記・刺客列傳第二十六》：「軻既取圖奏之，秦王發圖，圖窮而匕首見。因左手把秦王之袖，而右手持匕首揕之。未至身，秦王驚，自引而起，袖絕。」（藝文）怔營，亦作「征營」，惶恐不安貌。

【詩評選輯】

1. 宋・朱熹《朱子語類》卷一百三十六：

淵明詩，人皆說平淡，余看他自豪放，但豪放得來不覺耳。其露出本相者，是〈詠荊軻〉一篇。平淡底人如何說得這樣言語出來。

2. 宋・葛立方《韻語陽秋》卷九：

左太沖、陶淵明，皆有荊軻之詠。太沖則曰：「雖無壯士節，與世亦殊倫。」淵明則曰：「惜哉劍術疎，奇功遂不成！」是皆以成敗論人者也。余謂荊軻功之不成，不在荊軻，而在秦舞陽；不在秦舞陽，而在燕太子。舞陽之行，軻固心疑其人，不欲與之共事，欲待它客與俱。而太子督之不已，軻不得已，遂去，故羽歌悲愴，自知功之不成。已而果膏刃秦庭，當時固已惜之。然慨之於義，雖得秦王之首，於燕亦未能保終吉也。故揚子云：「荊軻為丹奉於期之首，燕督亢之圖，入不測之秦，實刺客之靡也，焉可謂之義也！」可謂善論軻者。

3.元・劉履《選詩補註》卷九：

此靖節憤宋武弒奪之變，思欲為晉求得如荊軻者往報焉，故為是詠。觀其首尾句意可見。

4.明・黃文煥《陶詩析義》卷四：

〈詠二疏〉、〈三良〉、〈荊軻〉，想屬一時所作，雖歲月不可攷，而以詩旨揣之，大約為禪宋後。其合拈最有意。知止棄官為最易，本朝猶不肯久戀，況事偽朝，此淵明之所自匹也。祚移君逝，有死而報君父之恩如三良者乎？無人矣。有生而報君父之仇如荊軻者乎？又無人矣。以弔古之懷，併作傷今之淚，每首哀呼，一曰「清言曉未悟」，示事二姓者以當悟也；一曰「投義志攸希」，示事二姓者以當希也；一曰「其人雖已沒，千載有餘情」，則報仇熱血，隱從中噴，事二姓之徒，不堪語久矣。

5.清・馬墣《陶詩本義》卷四：

淵明〈詠二疏〉、〈三良〉、〈荊軻〉皆有意。二疏辭官，與宗族鄉黨飲酒宴樂，以沒餘年，是淵明之所深與，三良則以殉君者對照弒君，荊軻則以報秦者感懷報宋，故其辭多慷慨。

案：詠荊軻刺秦王事，報仇熱血，悲壯淋漓，壯志未酬，卻是千古之恨。

讀《山海經》(一)十三首

孟夏草木長，遶屋樹扶疏(二)。眾鳥欣有託，吾亦愛吾廬。既耕亦已種，時還讀我書。窮巷隔深轍，頗迴故人車。歡然酌春酒(三)，摘我園中蔬。微雨從東來，好風與之俱。汎覽周王傳(四)，流觀山海圖(五)。俯仰終宇宙，不樂復何如。

【注釋】

(一)《山海經》共十八卷，載海內外絕域山川人物之異，保存了許多古代神話。王充《論衡》和《吳越春秋》以為大禹治水，無遠不至，凡所見聞，伯益記錄而成。東晉郭璞曾為《山海經》作注並題圖讚。詩言「泛覽《周王傳》，流觀《山海圖》」。則淵明所讀之書有《穆天子傳》及《山海經》郭璞圖讚之本。關於此詩作年，逯欽立以為「〈讀山海經〉是遇火前作品」。即作於義熙四年戊申（西元四〇八）之前。此詩中「歡然酌春酒，摘我園中蔬」之田園情境，故可確定此詩大概作於歸田前期。或暫繫於義熙三年丁未（西元四〇七）。則淵明為四十三歲。

(二)扶疏：樹葉繁茂分布貌。

(三)春酒：《毛詩・豳風・七月》卷八：「為此春酒，以介眉壽。」(商務四部叢刊）春酒，涷醪。春釀冬熟之酒。

(四)《周王傳》：指《穆天子傳》。西晉太康二年（西元二八一），汲郡人不準盜發魏襄王墓，或言安釐王冢，得竹書數十車。其中有《穆天子傳》五篇，記周穆王駕八駿游行四海，多為神話傳說。

(五)《山海圖》：指《山海經圖》。畢沅《山海經古今本篇目考》云：「《山海經》有古圖，有漢所傳圖，有梁張僧繇等圖。十三篇中，《海外》、《海內經》所說之圖當是禹鼎也。《大荒經》已下五篇所說之圖當是漢時所傳之圖也。」「又郭璞及張駿有圖讚，陶潛詩云『流觀《山海圖》』。」

【詩評選輯】

1. 元・劉履《選詩補註》卷五：

此詩凡十三首，皆記二書所載事物之異，而此發端一篇，特以寫幽居自得之趣耳。觀其「眾鳥有託」、「吾愛吾廬」等語，隱然有萬物各得其所之妙，則其俯仰宇宙，而為樂可知矣。

2. 明・黃文煥《陶詩析義》卷四：

十三首中，初首為總冒，末為總結，餘皆分詠「玉臺」、「玄圃」、「丹木」，超然作俗外之想，與古帝之思。至因青鳥而漸露在世弗樂之意，望扶木而益露幽冤難燭之嗟；於是冀王母之慰我，仗靈人之浴日，諸多端矣。又雜思夫珠樹桂林之供遊玩，重羨王母；赤泉員丘之供食飲，添助長年；心愈奢，王母乃愈孤乎？顧不可滿，世不可為，然後特尊夸父，令擔當世事，矢志社稷，有如夸父其人者，功縱不就於生前，亦留於身後矣。精衛也，刑天也，是皆有其志者也。嗟夫！世人之不及久矣，但有作惡違帝之欽䲹而已。鵕鶚雙指䲹與鼓，而違帝專係之䲹者，䲹為鼓之臣，鼓思妄殺，䲹當諫止，乃佐惡焉，故罪專歸鼓也。佐惡之奸臣愈多，賢者愈無所容，鵃且日見，而士曰放，云如之何！此元亮讀書之血淚次第也。再拈重華之佐堯，賢得舉而惡得退；桓公于仲父臨卒之言，賢不聽舉，惡不聽退，自貽蟲尸之慘，蓋從晉室所由式微之故寄恨於此，以為讀《山海》之殿，使後人尋繹卒章，則知引援故實以寄慨世，非侈異聞也。

3.清・蔣薰《陶淵明詩集》卷四：

首篇言興會所至，覽傳觀圖，後十二首之綱，直是一段小引。以下七首，竟是遊仙詩。夸父而後五首，雜引刑天、巨猾，以喻共、鯀，言恃力為惡，不可入仙也。雖使《山海經》事，恪合首篇「俯仰宇宙」，為此寓言。

4.清・陳祚明《采菽堂古詩選》卷十四：

【其一「孟夏草木長」】此發端六句是首章。起法選語安雅。「窮巷」二句意悲。屈子曰：「國無人莫我知兮。」尚友古人以此。「微雨」十字，此境蕭蕭，以自然為佳，高於唐而不及漢。結語浩大，胸羅千古，調亦似《十九首》。

5.清・王士禛《古學千金譜》卷十八：

時當初夏，草木宜長，扶疏之樹，遶我屋廬，不但眾鳥欣然有此棲託，吾亦愛吾廬得託扶疏之蔭。既耕田，復下種，還讀書而候故人，吾廬之樂事盡矣。車大則轍深，此窮巷不來貴人，頗迴故人之駕。歡然酌酒，而摘蔬以侑之，好風同微雨，俱能助我佳景，乃得博歡圖傳，以適我性。如此以終宇宙，足矣。若不知樂，又將如何哉！

案：《讀山海經》十三首結構頗具匠心。第一首發端，敘幽居耕讀之樂，「歡然酌春酒，摘我園中蔬。」「微雨從東來，好風與之俱。」陶然自得，令人神往。第二首至第十二首，分詠書中所記異物，末首旁及齊桓公不聽管仲之言，以至奸臣作亂，飢渴而死一事，實是詠史詩。《讀山海經》十三首應是淵明讀「異書」之心得。淵明在詠異物的同時，對歷史、現實與人生亦多所感慨。

其二

玉臺凌霞秀，王母怡妙顏(一)。天地共俱生，不知幾何年。靈化無窮已，館宇非一山(二)。高酣發新謠(三)，寧效俗中言。

【注釋】

(一)玉臺：西王母所居處。又，西王母，亦稱「王母」、「金母」，民間稱「王母娘娘」。中國女神中，地位最高。凌霞：高出霞表。《山海經・西山經第二》：「又西三百五十里，曰玉山，是西王母所居也。西王母其狀如人，豹尾，虎齒而善嘯，蓬髮戴勝，司天之厲及五殘。」(台灣商務四部叢刊，下引同)本是長相難看，司刑罰的神，到《穆天子傳》變為氣象雍穆、彬彬有禮的人王。

(二)「館宇」句：《山海經》云：「玉山，是西王母所居。」(同上)又，郭璞注云：「西王母之山奄山，及崦嵫山也。」(同上)

(三)高酣：高會酣飲。發新謠：《穆天子傳》卷三：「(周)天子觴西王母于瑤池之上，西王母為(周)天子謠曰：『白雲在天，山陵自出。道里悠遠，山川間之。將子無死，尚復能來。』」(商務四部叢刊)

【詩評選輯】

1. 明・黃文煥《陶詩析義》卷四：

【其二「玉臺凌霞秀」】《經》載：「王母居玉山。」又載於名山，特以一言通其義曰「靈化無窮已」。忽及《穆天子傳》瑤池宴謠，斯則可以世外，可接世內，又何止區區數山間哉。結句獨曰「寧效俗中言」。有世外之品格者，亦必有世外之文章，寄意憤俗，別開枝節，題是《讀山海經》，故每首必另翻議論。若依《經》敷敘，是詠《山海經》，非讀矣。

2. 清・溫汝能《陶詩彙評》卷四：

西王母乃國名，玉山即《穆天子傳》謂之羣玉之山。此山多玉石，因名。《爾雅・四荒》曰：觚竹北戶日下西王母。《尚書大傳》：西王母來獻白玉琯。《荀子》：禹學於西王國是也。俗以為神人，殊謬。今詩家因《山海經》，多以瑤池仙境為說，蓋亦詞人游戲三昧，不妨前後相沿耳。其實事本荒唐，須活看。

案：二首言西王母館非一山，靈化無窮事。而西王母飲周穆王於瑤池之上，雙方以謠酬答，在酬答詩中，西王母言神仙世界「虎豹為群，烏鵲與處」，而世俗之人，爭名奪利，自相殘殺，連神仙世界的禽獸都不如。

其三

迢遞槐江嶺，是謂玄圃丘（一）。西南望崑墟，光氣難與儔（二）。亭亭明玕（三）照，落落清瑤流。恨不及周穆，託乘（四）一來游。

【注釋】

（一）「迢遞」二句：《山海經・西山經第二》：「槐江之山，丘時之水出焉。而北流注于泑水，其中多蠃母（即蹼螺），其上多青雄黃。多藏琅玕、黃金、玉。其陽多丹粟，其陰多采黃金、銀。實惟帝之平圃（即玄圃），神英招司之。」（商務四部叢刊）玄圃，位在崑崙山中層。《山海經・西次三經》云：「崑崙之丘，實為帝之下都。」可知崑崙山為天帝的宮闕之在下方者，即黃帝在下界的都城。迢遞，遠貌。

（二）「西南」二句：《山海經・西山經第二》：「南望崑崙，其光熊熊，其氣魂魂。」（同上）

（三）明玕：即指琅玕，美石也。或曰綠松石，此指竹。

（四）託乘：指託付周穆王之車駕。

【詩評選輯】

1. 明・黃文煥《陶詩析義》卷四：

愴然於易代之後，有不堪措足之悲焉。題是〈讀山海經〉，詩兼「汎覽周王傳」，故此因《穆傳》有銘跡於玄圃之上，遂併及之，與上首發新謠，皆因《穆傳》山川白雲謠語點綴，篇法迴顧不漏。

2.清・馬墣《陶詩本義》卷四：

專言玄圃，玄圃為槐江之山，與崑崙相望，其光彩無有匹敵，其上琅玕亭亭而直，其下瑤水落落而清，人不能到，惟周穆曾遊之，恨不能託周穆乘輿，至其所一遊也。玄圃帝鄉，非凡人所能到；黃、虞、三代古之世，非今人所得遊，淵明獨願遊之也。

案：三首言玄圃仙鄉，非凡人所到，淵明願託周穆王車駕一遊。

其四

丹木生何許，迺在峚（密）山陽。黃花復朱實，食之壽命長。白玉凝素液，瑾瑜發奇光（一）。豈伊（二）君子寶，見重我軒黃（三）。

【注釋】

（一）「丹木」六句：《山海經・西山經第二》：「峚山，其上多丹木，員葉而赤莖，黃華而赤實，其味如飴，食之不飢。丹水出焉，西流注于稷澤，其中多白玉，是有玉膏，其原沸沸湯湯，黃帝是食是饗。是生玄玉，玉膏所出，以灌丹木。丹木五歲，五色乃清，五味乃馨。黃帝乃取峚山之玉榮，而投之鍾山之陽，瑾瑜之玉為良，堅粟精密，濁澤而有光，五色發作，以和柔剛，天地鬼神，是食是饗，君子服之，以禦不祥。」（四部叢刊）瑾瑜，《說文》：「瑾，瑾瑜，美玉也。」（藝文）《楚辭・九章・懷沙》：「懷瑾握瑜兮。」（藝文）

（二）豈伊：豈只是，不止是。

（三）軒皇：黃帝軒轅氏。

【詩評選輯】

1. 明・黃文煥《陶詩析義》卷四：

【其四「丹木生何許」】《經》於丹木只云食之可以不飢，此獨添出可長壽命，《經》於是有玉膏，曰黃帝是食是饗，於黃帝乃取玉英投之鍾山之陽，瑾瑜為良，曰天地鬼神是食饗，君子服之以禦不祥，義主雙豎，此獨抑君子而專歸軒黃。黃帝食玉膏，其後乃鼎湖上升。丹木亦為玉液之所生，則凡食丹木者，不止於僅充飢明矣。君子所服，總由於黃帝取玉英以投鍾山，乃得分餘膏而供服食，則此寶固非君子有也，軒黃功也。添補處、歸重處，俱從《經》文，細細體認生奇，原非鑿空。

2. 清・邱嘉穗《東山草堂陶詩箋》卷四：

三章思與周穆同遊，此則思為服食不死，以友黃帝。語皆幻妙，思路絕而風雲通矣。

案：四首作者言思服食丹木黃花朱實，以為不死，君子所寶，以友黃帝。反觀近世社會不重君子，不養君子，以致戰亂相循，篡弒頻仍。

其五

翩翩三青鳥，毛色奇可憐。朝為王母使，暮歸三危山(一)。我欲因此鳥，具(二)向王母言。在世無所須，惟酒與長年(三)。

【注釋】

（一）「翩翩」四句：《山海經・西山經第二》：「三危之山，三青鳥居之。」郭璞注：「三青鳥主為西王母取食者，別自棲息於此山也。」（四部叢刊）。根據《博物志》王母來見武帝，有三青鳥如烏大，夾王母，三鳥，王母使也。《瑯環記》西王母有三鳥，一曰青鍾、二曰鶴、三曰燕子，常令三鳥送書於漢武。又，《山海經・海內北經第十二》載：蛇巫之山，「其南有三青鳥，為西王母取食，在崑崙虛（墟）北。」（商務四部叢刊）又，三青鳥，據倪泰一等編譯《山海經・白話全彩圖本》云：紅頭黑眼睛，即大鵹、少鵹、青鳥。為赤鳥或三足鳥衍化而來。（西元二〇〇六年，重慶出版社）奇，極，甚。可憐，可愛。

（二）具：完全。

（三）長年：長壽。

【詩評選輯】

1. 明・黃文煥《陶詩析義》卷四：

【其五「翩翩三青鳥」】前首已言壽命長，有丹木之可食足恃。壽或易長而酒未易得，非求王母，誰為恒給酒者？諧甚，趣甚。因《經》云三青鳥主為西王母取食，故發此索飲之想。

2. 清・邱嘉穗《東山草堂陶詩箋》：

向王母求酒與年，以酒可忘憂，而長年可觀變以有為也。亦無聊之極思，與〈離騷〉、〈天問〉，後人乞巧諸作同意耳。

案：五首言三青鳥為西王母取食，淵明嗜酒，家貧不能恆得。己但求酒與長壽，不須別求神仙，重在現實諧趣。

其六

逍遙無皋上，杳然望扶木(一)。洪柯(二)百萬尋，森散(三)覆暘谷。靈人侍丹池，朝朝為日浴(四)。神景一登天，何幽(五)不見燭。

【注釋】

(一)「逍遙」二句：《山海經・東山經第四》：「又南水行五百里，流沙三百里，至于無皋之山，南望幼海（即少海），東望榑木，無草木，多風。」（四部叢刊）榑木，即扶木，扶桑。《山海經・大荒東經》：「大荒之中，有山名孽搖頵羝，上有扶木，柱三百里，其葉如芥，有谷曰溫源谷，湯谷上有扶木，一日方至，一日方出。」

(二)洪柯：大枝。

(三)森散：枝葉四布貌。暘谷：同湯谷，傳說中日出之處。《山海經・海外東經第九》：「下有湯谷（谷中水熱）。湯谷上有扶桑，十日所浴。」（四部叢刊）

(四)「靈人」二句：靈人，指羲和，傳說是太陽的母親。帝俊有三個妻子，一為娥皇，一為羲和，生太陽兒子，一為常羲，生月亮十女兒。丹池，即甘淵。《山海經・大荒南經第十五》：「東南海之外，甘水之間，有羲和之國，有女子名曰羲和，方浴日於甘淵。羲和者，帝俊之妻，生十日。」（四部叢刊）

(五)幽：幽暗。見燭：被照亮。

【詩評選輯】

1.明．黃文煥《陶詩析義》卷四：

【其六「逍遙蕪皋上」】《經》中大荒有扶木，一日方至，一日方出，與東南海外甘水間，女子羲和，浴日於甘淵，合拈發議。能燭者日也，天象也。佐燭者，浴日之人也，人力也。天非人不成，事事皆然，却從蕪皋上作遙望，蕪則易幽而難燭，苟正在顧燭，復得佐燭，豈足患哉？不然蕪皋未易逍遙矣。胸中別有低徊。

2.清．邱嘉穗《東山草堂陶詩箋》卷四：

日者，君象也。天子當陽，羣陰自息，亦由時有忠臣碩輔浴日之功耳，此詩殆借日以思盛世之君臣，而怨晉室之遂亡於宋也。豈非以君弱臣強而然耶？

案：六首言湯谷，日之所居，能光被世界。「神景一登天」，或言寄託易代，無賢臣輔佐，使明君如日，光照九州，怨晉室之亡於宋也。

其七

粲粲三株樹，寄生赤水陰(一)。亭亭凌風桂，八幹共成林(二)。靈鳳撫雲舞，神鸞調玉音(三)。雖非世上寶，爰得王母心。

【注釋】

（一）「粲粲」二句：《山海經・海外南經第六》：「三株樹在厭火北，生赤水上。其為樹如栢，葉皆為珠。」（商務四部叢刊）

（二）「亭亭」二句：《山海經・海內南經第十》：「桂林八樹，在番隅東。」郭璞注：「八樹而成林，言其大也。」（商務四部叢刊）

（三）「靈鳳」二句：《山海經・大荒南經第十五》：臷民之國（為人黃色），「爰有歌舞之鳥。鸞鳥自歌，鳳鳥自舞。」（商務四部叢刊）

【詩評選輯】

1. 明・黃文煥《陶詩析義》卷四：

【其七「粲粲三珠樹」】王母之山，鳳自歌，鸞自舞，三珠在赤火，八桂在番隅，不屬王母山中，却拈來合詠，直欲將山川世界更移一番，以他處所有，添補仙神地方之所無，想頭奇絕。「雖非世上寶」一語，翻駁尤深。縱有鸞歌鳳舞之區，總非世俗蠅營狗苟者名利心腸所欲得，但有王母世外之神，此鳥以歌舞叶其胸懷耳。

2. 清・陳祚明《采菽堂古詩選》卷十四：

夫世上寶安能得王母心哉！

案：七首言王母之山，鳳自歌，鸞自舞，並移來赤水三珠、番隅八桂，增添西王母山中之美。不同於世俗之人，但知爭奪名利，無心、無力欣賞此美境。

其八

自古皆有沒，何人得靈長（一）。不死復不老，萬歲如平常。赤泉給我飲，員丘足我糧（二）。方與三辰（三）游，壽考豈渠央（四）。

【注釋】

（一）靈長：廣遠綿長。此謂長生不老。

（二）「赤泉」二句：《山海經・海外南經第六》：交脛國，「不死民在其東，其為人黑色，壽不死。」郭璞注：「有員丘山，上有不死樹，食之乃壽。亦有赤泉，飲之不老。」（商務四部叢刊）

（三）三辰：三辰，指日月星。與三辰游，即《莊子》所謂與造物者游也。

（四）渠央：遽盡。渠，同遽。《古樂府》：丈人且安坐，調絲為遽央。

【詩評選輯】

1. 明・黃文煥《陶詩析義》卷四：

【其八「自古皆有沒」】因《經》有不死民在交股國東，色黑，壽不死，為添出給飲足糧，若疲疲於衣食，多壽祇為苦況耳。必有給我者、足我者，乃可願也。每拈一《經》，輒別創一議，或翻案，或添合。

2.清・方宗誠《陶詩真詮》：

「不死復不老，萬歲如平常」二句，真大澈大悟，使秦皇、漢武讀之，真可破其愚也。第十一首，《莊子》言「為善無近名」。然則懼近名，則不敢為善矣；「為惡無近刑」，然則不近刑，則可為惡矣。異端之言，非聖道也。陶公則云：「立善有遺愛」，「立善常所欣」，「庶以善自名」，不求名而亦不辭名，惟孳孳為善而已。又曰「明明上天鑒，為惡不可履」，與《莊子》之言迴異。吾故曰聖人之徒，非老、莊之學也。

案：八首言食員丘山不死樹，飲赤泉水可不老，與天地日月星同游，能逐己願。

其九

夸父誕宏志，乃與日競走（一）。俱至虞淵下，似若無勝負。神力既殊妙，傾河焉足有（二）。餘跡寄鄧林（三），功竟在身後。

【注釋】

（一）「夸父」二句：夸父，神話中的巨人，炎帝後裔。《山海經・海外北經第八》：「夸父與日逐走，入日，渴欲得飲，飲於河渭；河渭不足，北飲大澤。未至，道渴而死。棄其杖，化為鄧林。」（商務四部叢刊）

（二）「俱至」四句：《山海經・大荒北經第十七》：「夸父不量力，欲追日景，逮之於禺谷（禺淵，日所入）。將飲河而不足也，將走大澤，未至，死於此。」（商務四部叢刊）

（三）鄧林：地名，即桃林，其地在北海外。

【詩評選輯】

1. 明・黃文煥《陶詩析義》卷四：

【其九「夸父誕宏志」】寓意甚遠甚大。天下忠臣義士，及身之時，事或有所不能濟，而其志其功足留萬古者，皆夸父之類，非俗人目論所能知也。胸中饒有幽憤。

2. 清・邱嘉穗《東山草堂陶詩箋》卷四：

此言夸父窮力追日，與下「精衛填海」，「刑天猛志」，皆陶公借以自況，欲誅討劉裕，恢復晉室，而不可得也。

3. 古直《陶靖節詩箋》云：

此託夸父以悼司馬休之死也。《晉書》休之敗，奔後秦，後秦為裕所滅。乃奔魏，未至，道卒，此絕似夸父之狀。

案：詩中借夸父不自量力，欲追日景，卻「渴欲飲」，要北飲大澤，中途不支而死。言己欲中興晉室，無能誅討劉裕也。只能「功竟在身後」。

其十

精衛（一）銜微木，將以填滄海。刑天無干戚（二），猛志故常在。同物既無慮，化去不復悔（三）。徒設（四）在昔心，良晨（五）詎可待。

【注釋】

（一）精衛：神話中鳥名。《山海經・北山經第三》：「又北二百里，曰發鳩之山，其上多柘木。有鳥焉，其狀如烏，文首白喙赤足，名曰精衛，其鳴自詨。是炎帝之少女，名曰女娃，女娃遊于東海，溺而不返，故為精衛。常銜西山之木石，以堙（塞也）于東海。」（商務四部叢刊）

（二）「刑天」句：刑天，神話中的人物，傳說是炎帝之臣，曾和蚩尤一樣，力勸炎帝舉兵攻打黃帝復仇。干，盾。戚，斧。《山海經・海外西經第七》：「奇肱之國……形天與帝至此爭神，帝斷其首，葬之常羊之山，乃以乳為目，以臍為口，操干戚以舞。」（商務四部叢刊）又，王叔岷《陶淵明詩箋證稿》云：「《海外西經》之『形天』，曾氏（紘）引作『刑天』，形、刑古通。」（藝文）。王叔岷又云「刑天無干戚」言刑天為天帝所斬，「猛志固常在」，謂其仍能操干戚而舞。

（三）「同物」二句：黃文煥《陶詩析義》卷四：「因遊海故被溺，因爭神故被斷，是謂同物有慮。被溺而化為飛鳥，仍思填海；被斷而化為無首，仍思爭舞，是謂化去不悔。」（引自龔斌《校箋》本）

（四）徒設：空設。

（五）良晨：同良辰。以上二句慨嘆精衛、刑天空有昔日壯心，良辰卻已不可再得矣，其意正同〈雜詩〉其三「日月擲人去，有志不獲騁」二句。

【詩評選輯】

1. 宋．周紫芝《竹坡詩話》：

有作陶淵明詩跋尾者，言淵明《讀山海經》詩有「形天無千歲，猛志固有在」之句，竟莫曉其意。後讀《山海經》云：「刑天，獸名也，好銜干戚而舞。」乃知五字皆錯。形天乃是刑天，無千歲乃是舞干戚耳。如此，乃與下句相協。傳書誤繆如此，不可不察也。

2. 明．黃文煥《陶詩析義》卷四：

【其十「精衛銜微木」】一為既逝之魂，一為既斷之身，恰可相配，合拈以寄憤寫壯。因遊海故被溺，因爭神故被斷，是謂同物有慮。被溺而化為飛鳥，仍思填海；被斷而化為無首，仍思爭舞，是謂化去不悔。海未必可填，舞未足終勝，死後無裨生前，虛願難當實事，時與志相違，是謂「昔心徒設」，「良晨難待」。起曰「將以」、「固常」，推尊一番，結曰「徒設」、「詎可」，憑弔百倍，志士之為精衛、刑天者，何可勝歎；懦夫之不知有精衛、刑天者，何可勝嗤！想當日讀《經》時，開卷掩卷，牢騷極矣！

3. 清．姚培謙《陶謝詩集》卷四眉批：

翁同龢曰：以精衛、刑天自喻，其曰「巨猾肆威暴」，蓋痛斥劉裕也。

4. 清・莫氏翻宋刊本《陶淵明集》卷十引：

【附關於「形夭無千歲」和「刑天舞干戚」的考證】余嘗評陶公詩，語造平淡而寓意深遠，外若枯槁而中實敷腴，真詩人之冠冕也。平生酷愛此作，每以世無善本為恨，頃因閱《讀山海經》詩，其間一篇云：「形夭無千歲，猛志固常在。」且疑上下文義不甚相貫，遂取《山海經》相校，《經》中有云：「刑天，獸名也，口中好銜干戚而舞。」乃知此句是「刑天舞干戚」，故與下句「猛志固常在」意旨相應。五字皆訛，蓋字畫相近，無足怪者。間以語友人岑穰彥休、晁詠之之道，二公撫掌驚歎，亟取所藏本是正之。因思宋宣獻言：「校書如拂几上塵，旋拂旋生。」豈欺我哉！親友范元義寄示蕺陽太守公所開陶集，想見好古博雅之意，輒書以遺之。宣和七月中元臨漢曾紘書刊。

案：十首言己之心志不獲實現。精衛沒有長的壽命，以木石填平東海；而刑天舞干戚，空有昔日壯心，良時不在，亦成痴想。

其十一

臣危（一）肆威暴，欽䲹（二）違帝旨。窫窳（三）強能變，祖江遂獨死。明明上天鑒，為惡不可履。長枯（四）固已劇，鵕鶚（五）豈足恃。

【注釋】

（一）臣危：《山海經・海內西經第十一》：「貳負（人面蛇身的神）之臣曰危。危與貳負殺窫窳，帝乃梏之疏屬之山，桎其右足，反縛兩手與髮，繫之山上木。」（四部叢刊）

（二）欽䲹：神話中的人物，人面獸形的神。《山海經・西山經第二》：「又西北四百二十里曰鍾山，其子曰鼓，其狀如人面而龍身，是與欽䲹殺葆（或作祖）江於崑崙之陽，帝乃戮之鍾山之東曰瑤崖。欽䲹化為大鶚，其狀如鵰而黑文白首，赤喙而虎爪，其音如晨鵠，見則有大兵。鼓亦化為鵕鳥，其狀如鴟，赤足而直喙，黃文而白首，其音如鵠，見即其邑大旱。」（四部叢刊）

（三）窫窳：傳說中的怪獸。此獸蛇身人面。強能變：指窫窳善于變化。《山海經・北山經第三》：「又北二百里，曰少咸之山，無草木，多青碧，有獸焉，其狀如牛而赤身，人面馬足，名曰窫窳。」又《海內南經第十》：「窫窳，龍首，居弱水中。」郭璞注：「窫窳，本蛇身人面，為貳負臣所殺，復化而成此物也。」（四部叢刊）

（四）長枯：指鼓、欽䲹因作惡終被帝刑。

（五）鵕鶚：指欽䲹被天帝懲罰後化為大鶚，鼓化為鵕鳥。

【詩評選輯】

1. 明・黃文煥《陶詩析義》卷四：

【其十一「巨猾肆威暴」】借題刺世，數句之中，錯綜曲折。《經》云：鍾山神之子曰鼓，與欽丕殺祖江於崑崙之陽，帝乃戮之，欽䲹化為鶚，鼓化為鵕，貳負與其臣曰危，殺窫窳，帝乃梏之於疏屬之山。是欽䲹、貳負等均違帝旨，窫窳、祖江均荷帝憐者也。窫窳本蛇身人面，既為貳負所殺，復化為龍首，居弱水中，受屈又復能變，其強猶足以自存；祖江死後，獨無聞焉，則祖江尤帝之所憐矣。違帝旨者終為帝所戕戮，庶幾足昭為惡之報。然窫窳之冤魄，以能變為足幸；䳱、鼓之惡魂，亦將以能化為足逞，如此則伸窫窳不足壓䳱、鼓，而祖江之遂死愈為可傷。帝雖憐祖江而不能使之再生，戮䳱、鼓而不能使之不化，為惡者不愈肆乎？則再深一層為點醒曰，使被帝戮而長枯不得復生，固為罰之劇，即化鵕、鶚亦豈堪恃乎？善惡之名殊，生死又不足論矣，翻駁幽奇。

2. 清・吴菘《論陶》：

「巨猾肆威暴」二句言䳱、鼓、貳負之履惡，「窫窳」二句悲窫窳、祖江之長枯，故接云為惡者天鑒不遠，窫窳、祖江固長枯矣，而䳱、鼓亦化為異物，豈足恃哉！正深歎巨猾之徒，惡而終受誅夷，其垂戒深矣。

案：十一首言欽䳱、鼓、貳負之履惡，悲窫窳、祖江之長枯，言以下犯上，惡必受誅。欽䳱化為鶚，見則大兵；鼓化為鵕，見則大旱。在那裏出現，那裏即帶來災害，為世人唾罵。或言比喻劉裕篡晉之惡，終亦必亡。

其十二

鵃鵝見城邑，其國有放士〔一〕。念彼懷王世，當時數來止〔二〕。青丘有奇鳥，自言獨見爾〔三〕。本為迷者生，不以喻君子〔四〕。

【注釋】

（一）「鴟鵂」二句：《山海經・南山經第一》柜山，「有鳥焉，其狀如鴟而人手，其音如痺，其名曰鵂，其鳴自號也，見則其縣多放士。」（四部叢刊）

（二）數來止：指鴟鵂數見。

（三）「青丘」二句：《山海經・南山經第一》：青丘之山，「有鳥焉，其狀如鳩，其音若呵，名曰灌灌，佩之不惑。」（四部叢刊）

（四）「本為」二句：此承上二句，意謂青丘鳥佩之可以不惑，故曰「本為迷者生」；而君子不惑，不必佩青丘鳥，故曰「不以喻君子」。喻，曉喻。

【詩評選輯】

1. 明・黃文煥《陶詩析義》卷四：

【其十二「鵃鵝建城邑」】《經》云：柜山有鳥狀如鴟，名曰鵂，音如痺，見則其縣多放士。青丘之山有鳥狀如鳩，名曰灌，灌音如呵，佩之不惑。合拈似不相粘，而深意乃大相關。放士之主，必其迷惑者耳，惟無藥可以醫惑，故鵂止為有徵。使得佩青鳥而不惑，則鵂即見而士可不放也。因《經》中「不惑」字拈出「本為迷者生」，翻出「不以喻君子」。鵂鳥即未止，而無朝不有放士；青鳥不可得，而舉世益多迷人。奈之何哉！所恃者有君子之不待佩青鳥耳。不然，青鳥茫茫無藥，鵂鳥益世世有權矣。

2. 清・陶澍《靖節先生集》卷四：

詩意蓋言屈原被放，由懷王之迷，青丘奇鳥，本為迷者而生。何但見鴟鴸，不見此鳥，遂終迷不悟乎！寄慨無窮。

案：十二首陶澍《靖節先生集》卷四，由鴟鳥見則縣多放士，聯想屈原遭到放逐，所謂，「蓋言屈原被放，由懷王之迷，青邱奇鳥，本為迷者而生，何但見鴟鴸，不見此鳥，遂終迷不悟乎！寄慨無窮。」（世界）即所謂君子處事待人，能得其宜，才不會被迷惑至不辨忠奸。

其十三

巖巖顯朝市（一），帝者慎用才。何以廢共鯀，重華為之來（二）。仲父獻誠言，姜公乃見猜（三）。臨沒告饑渴，當復何及哉（四）。

【注釋】

（一）巖巖：高峻貌。此指顯赫大臣。朝市：指朝廷官府。

（二）「何以」二句：《書・舜典》：「流共工於幽洲，放驩兜於崇山，竄三苗於三危，殛鯀於羽山。」（商務四部叢刊）共鯀，共工與鯀，皆舜臣。共工，炎帝後裔，火神祝融之子。在黃帝與炎帝戰爭中，共工用水助炎帝作戰。鯀，名崇伯，傳說中原始部落首領，顓頊之子，大禹父親，曾奉堯之命治水，不成，為舜所殺。重華，舜號。

（三）「仲父」二句：仲父，指管仲。姜公，指齊桓公，姓姜，故稱姜公。《史記・齊太公世家第二》：「管仲病，桓公問曰：『羣臣誰可相者？』管仲曰：『知臣莫如君。』公曰：『易牙如何？』對曰：『殺子以適君，非人情，不可。』公曰：『開方如何？』對曰：『倍親以適君，非人情，難近。』公曰：『豎刁如何？』對曰：『自宮以適君，非人情，難親。』管仲死，而桓公不用管仲言，卒近用三子，三子專權。」（藝文）

（四）「臨沒」二句：《呂氏春秋・知接》：「公有病，易牙、豎刀、常之巫，相與作亂，塞公門。有一婦人，踰垣入，至公所。公曰：『我飢欲食。』婦人曰：『我無所得。』公又曰：『我渴欲飲。』婦人曰：『我無所得。』公曰：『何故？』對曰：『易牙、豎刀、常之巫相與作亂，塞宮門，築高牆，不通人，故無所得。』公慨焉歎曰：『死者有知，我何面目見仲父乎！』蒙衣袂而絕於壽宮。」（世界）

【詩評選輯】

1. 清・吳菘《論陶》：

第十三首從十二首生出。重華乃千古不惑之君子，故能用才去讒；姜公反是，遂至飢渴無及，以終上章之意。案此數首，皆寓篡弒之事。

2. 清・陶澍《靖節先生集》卷四：

晉自王敦、桓溫，以至劉裕，共、鯀相尋，不聞黜退，魁柄既失，篡弒遂成。此先生所為託言荒渺，姑寄物外之心，而終推禍原，以致其隱痛也。

案：十三首以流放共工等事，言君王慎用才。共工氏頭觸不周山，山崩而洪水氾濫，後用鯀治水無功，造成洪水滔天，水災更重。至舜時，將共工氏流於幽州，殺鯀於羽山，用鯀子禹治水，疏九河，洪水之患始平。用人之才與不才，造成後果如此之大。帝王關心百姓，用人豈可兒戲！

桃花源詩

晉太元(一)中，武陵(二)人，捕魚為業，緣溪行，忘路之遠近。忽逢桃花林，夾岸數百步，中無雜樹，芳草鮮美，落英繽紛，漁人甚異之。復前行，欲窮其林。林盡水源，便得一山。山有小口，彷彿若有光，便捨船從口入。初極狹，纔通人。復行數十步，豁然開朗。土地平曠，屋舍儼然。有良田、美池、桑竹之屬，阡陌交通，雞犬相聞。其中往來種作，男女衣著，悉如外人(三)。黃髮垂髫(四)，並怡然自樂。見漁人，乃大驚，問所從來，具答之。便要還家，為設酒殺雞作食。村中聞有此人，咸來問訊。自云：「先世避秦時亂，率妻子邑人，來此絕境，不復出焉。遂與外人(五)間隔。」問今是何世，乃不知有漢，無論魏晉。此人一一為具言所聞，皆歎惋。餘人各復延至其家，皆出酒食。停數日，辭去。此中人語云：「不足為外人道也。」既出，得其船，便扶向路，處處誌之。及郡下，詣太守說如此。太守即遣人隨其往，尋向所誌，遂迷不復得路。南陽劉子驥(六)，高尚士也。聞之，欣然規往，未果，尋病終。後遂無問津者。

嬴氏亂天紀(七)，賢者避其世。黃綺(八)之商山，伊人亦云逝。往跡浸復湮，來逕遂蕪廢。相命肆農耕，日入從所憩。桑竹垂餘蔭，菽稷隨時藝。春蠶收長絲，秋熟靡王稅。荒路曖交通，雞犬互鳴吠。俎豆(九)猶古法，衣裳無新製。童孺縱行歌，斑白(十)歡遊詣。草榮識節和，木衰知風厲。雖無紀曆誌，四時自成歲。怡然有餘樂，于何勞智慧。奇蹤隱五百，一朝敞神界。諄薄既異源，旋復還幽蔽。借問遊方士[十一]，焉測塵囂外[十二]。願言躡[十三]輕風，高舉尋吾契[十四]。

【注釋】

（一）太元：晉孝武帝年號（西元三七六～三九六），共二十一年。
（二）武陵：郡名。漢高祖割黔中故治置，郡治武陵（今湖南省常德市）。
（三）外人：謂方外或塵外之人。
（四）黃髮：指老人。垂髫：髫，兒童垂下的頭髮，因稱兒童或童年為垂髫。
（五）外人：此指桃源外人。
（六）南陽：郡名。秦置。治宛，即今河南省南陽市。劉子驥：《太平御覽》五百四引《晉中興書》：「劉驎之字子驥，一字道民。好游于山澤，志在存道，常採藥至名山，深入忘返。見澗水南有二石囷，一囷閉，一囷開。或說囷中皆仙靈方藥，驎之欲更尋索，終不能知。桓沖請為長史，固辭，居於陽岐。」（明倫）。《晉書・隱逸傳》所載稍異。
（七）嬴氏：秦姓嬴，此指秦始皇。天紀：《書・胤征》：「俶擾天紀，遐棄厥司。」孔穎達《正義》：「始亂天之紀綱也。」
（八）黃綺：指商山四皓的夏黃公和綺里季。
（九）俎豆：古時祭祀時盛物之禮器。《禮記・樂記》：「簠簋俎豆。制度文章，禮之器也。」（四部叢刊）
（十）斑白：亦作「頒白」，指頭髮黑白相雜的老人。黑白相間曰斑。《孟子・梁惠王》上：「頒白者不負戴於道路矣。」（世界）

（十一）游方士：游於方內的世俗之士。《莊子・大宗師》：「孔子曰：彼，游方之外者也；而丘，游方之內者也。」（世界）。《文選》夏侯湛〈東方朔畫贊〉李善注引司馬彪曰：「方，常也。言彼游心於常教之外也。」（四部叢刊）

（十二）塵囂外：方外，指桃花源。

（十三）躡：蹈，踏。

（十四）高舉：高飛。曹植〈王充宣誄〉：「飄颻高舉，超登景雲。」契：投合，融洽。

【詩評選輯】

1.宋・鄭景望《蒙齋筆談》：

陶淵明所記桃花源，今武陵桃花觀即是其處。余雖不及至，數以問湖、湘間人，頗能言其勝事云。自晉、宋來，由此上昇者六人。山十里間無雜禽，惟二鳥往來觀中，未嘗有增損。鳥新舊更易不可知，耆老相傳，自晉迄今如此。每有貴客來，鳥輒先號鳴庭間，人率以為占。淵明言劉子驥聞之，欲往不果。子驥見《晉書・隱逸傳》，即劉驎之，子驥其字也。傳子驥採藥衡山，深入忘返，見一澗水南有二石囷，其一閉一開，開者水深廣不可過。或說其間皆仙靈方藥諸雜物。既還失道，從伐木人問徑，始能歸。後欲更往，終不復得。大類桃源事，但不見其人爾。晉、宋間如此異亦頗多，王烈石髓，亦其一也。鎮江茅山，世以比桃源，余頃罷鎮建康時，往遊三日，按圖記問其故事，山中人一一指數，皆可名，然亦無甚奇勝處；而自漢以來傳之，宜不謬。華陽洞最知名，纔為裂石，闊不滿三四尺，其高三尺，不可入。金壇福地在其下。道流云近歲劉渾康嘗得入百餘步。其言甚誇，無可考，不知何緣能進。韓退之未嘗過江，而詩有「煩君直入華陽洞，割取乖龍左耳來」，意當有為，不止為洞言也。

2.宋·唐庚《唐子西文錄》：

唐人有詩云：「山僧不解數甲子，一葉落知天下秋。」及觀淵明詩云：「雖無紀歷誌，四時自成歲。」便覺唐人費力如此。如〈桃花源記〉言：「尚不知有漢，無論魏晉。」可見造語之簡妙。蓋晉人工造語，而淵明其尤也。

3.宋·陳巖肖《庚溪詩話》卷下：

武陵桃源，秦人避世於此；至東晉，使聞於人間。陶淵明作記，且為之詩，詳矣。其後作者相繼，如王摩詰、韓退之、劉禹錫、本朝王介甫，皆有歌詩，爭出新意，各相雄長。而近時汪彥章藻一篇，思深語妙，又得諸人所未道者。

4.清·張廷玉《澄懷園語》卷四：

東坡云：「世傳桃源事，多過其實，淵明所記，止言先世避秦亂來此，則漁人所見非秦人不死者也。」坡公此論甚確。余觀古今來前人偶為新奇之說，後人往往樂為附會，如身親見之者，正復不少。東坡著眼全在「先世」二字，予細味記曰：「先世避秦時亂，率妻子邑人來此絕境，不復出焉。」所謂邑人者，皆石隱者流，或十數家，或數十家，同心肥遯，長子孫於其中，日漸蕃衍，遂為世業。若謂同避亂之人皆不死，一時安得許多神仙耶！

案：淵明〈與子儼等疏〉云：「濟北氾稚春，晉時操行人也。」該文作於入宋後，故曰「晉時」。〈桃花源記〉首稱「晉太元中」，與〈與子儼等疏〉同屬追敘之筆，故亦當作於入宋後。又〈桃花源記〉幷詩境界奇妙，寓意深刻，為《陶淵明集》中最成熟、最具價值的作品之一，不可能出於不滿二十歲青年之手。龔斌《陶淵明集校箋》繫於宋、永初二年辛酉（西元四二一），五十三歲作品。〈桃花源記〉或為寓意之文。

三、附：五柳先生傳

先生不知何許人也，亦不詳其姓字；宅邊有五柳樹，因以為號焉。閒靜少言，不慕榮利。好讀書，不求甚解；每有會意，便欣然忘食。性嗜酒，家貧，不能常得，親舊知其如此，或置酒而招之。造飲輒盡，期在必醉。既醉而退，曾不吝情去留。環堵蕭然，不蔽風日；短褐穿結，簞瓢屢空，晏如也！常著文章自娛，頗示己志。忘懷得失，以此自終。

贊曰：「黔婁之妻有言：『不戚戚于貧賤，不汲汲于富貴。』其言茲若人之儔乎？銜觴賦詩，以樂其志，無懷氏之民歟？葛天氏之民歟？」

四、謝靈運・緒論

謝靈運（西元三八五~四三三），也是中國詩歌史上重要的詩人，開創山水詩派。根據《宋書、謝靈運本傳》，謝靈運是陳郡陽夏（河南太康）人。也就是陽夏謝氏。祖父謝玄，晉朝車騎將軍是左相謝安的姪曾孫。父親瑍，早死。靈運自小聰明，祖父玄甚訝異，以為自己生了笨兒子，笨兒子卻生了如此聰穎的小孩。靈運生於東晉孝武帝太元十年（西元三八五）。生下不久，即送到錢塘道士杜明師（子恭）家養育，十五歲時，因避孫恩之亂（孫恩攻會稽、永嘉等地），到京師建康（江蘇南京），住烏衣巷，與堂叔謝混及堂兄弟謝瞻、謝晦、謝曜、謝弘微等交遊。安帝時靈運襲封康樂公。

後桓玄篡亂，劉裕起兵，與劉毅共同平定。劉裕執政後，以靈運為太尉參軍、和朝廷秘書丞。作〈撰征賦〉。劉宋代晉後，靈運由公降為侯。劉裕死後，權臣司空徐羨之、中書監傅亮等，以靈運與廬陵王劉義真，詩文唱和，為徐、傅等所忌，廬陵王被殺，謝也外放為永嘉任太守，時靈運三十八歲。

宋少帝劉義符景平元年（西元四二三），靈運三十九歲。秋，辭永嘉守回故鄉。有〈北亭與吏民別〉、〈初去郡〉詩，及〈辭祿賦〉、〈歸途賦〉。歲末，作〈述祖德〉二首，〈會吟行〉詩。

宋文帝劉義隆元嘉元年（西元四二四），靈運四十歲。五月時，廢少帝劉義符為營陽王，幽禁於吳（江蘇蘇州）。六月，徐羨之等分別遭殺義符、義真。七月，徐羨之等到江陵迎宜都王劉義隆回建康即帝位。八月九日即位，改年號為元嘉。此年靈運仍在故鄉始寧隱居，築精舍、拓莊園。有〈石壁立招提精舍〉、〈田南樹園激流植援〉、〈南樓中望所遲客〉等詩。亦開始作〈山居賦〉，於次年完成。次年也完成〈于南山往北山經湖中瞻眺〉、〈從斤竹澗越嶺溪行〉等詩。

宋文帝義隆元嘉三年（西元四二六），靈運四十二歲。正月時，徐羨之、傅亮因廢殺少帝和廬陵王罪被誅。三月，靈運被徵為秘書監，不就，再召，又不就。文帝乃使光祿大夫范泰和中書侍郎顏延之催促，靈運答應出仕。靈運任秘書監，整理秘書閣圖書，並撰《晉書》。不久，升侍中。

元嘉四年（西元四二七），靈運四十三歲。二月，從文帝遊丹徒、謁京陵，登北固山，有〈從遊京口北固應詔〉詩。此年，陶淵明、王弘之、謝曜相繼去世。

元嘉五年，靈運四十四歲，在京得不到重用，托病告假，準備回故鄉會稽始寧過第二次隱居生活，臨行，上〈勸伐河北書〉於文帝。靈運回始寧後，與謝惠連、何長瑜等人宴集，被人彈劾免官。次年九月，靈運帶隨從數百人，由始寧伐木開徑，至位於會稽與臨海二郡交界處天姥山遊玩。

元嘉八年（西元四三一），靈運四十七歲，靈運要求決湖為田，會稽太守孟凱不允。孟太守上表文帝，指控靈運有「異志」，靈運上〈自理表〉申辯。文帝知其無「異志」，派靈運為臨川作內史。冬十二月，往任所。

元嘉九年（西元四三二）夏，靈運至江西臨川，仍不理政事，終日遊山玩水。次年（西元四三三），為有司檢舉，司徒劉義康遣使隨江州從事鄭望生往臨川拘捕，靈運興兵抗拒，終被擒。〈臨川被收（捕）〉詩云：「韓亡子房備，秦帝魯連恥。本自江海人，忠義感君子。」表達自己不甘為劉宋王朝奴役的心情。

又，《本傳》臨死作詩曰：「龔勝無餘生，李業有終盡。嵇公理既迫，霍生命亦殞。淒淒凌霜葉，罔罔冲風菌。邂逅竟幾何，修短非所愍。送心自覺前，斯痛久已忍。恨我君子志，不獲岩下泯。」所稱龔勝、李業，不仕王莽與公孫述猶前詩張良、魯連之意。

至於謝靈運的個性，根據《宋書、本傳》的敘述，說他「性奢侈」，「性偏激多衍禮度，……常懷憤憤」。在《宋書、廬陵王傳》說：「靈運空疏。」在《宋書、謝瞻傳》說：「靈運好臧否人物。」從這些記載看來，靈運屬貴公子型，生活奢侈，喜歡品評人物。

在生活方面，《宋書、本傳》說他「車服鮮麗，衣裳器物，各改舊制」，「文帝唯以文義相接，……多稱疾不朝，直穿池植援，種竹樹果，驅課公役，無復期度。」又，「常著木屐，上山則去前齒，下山則去其後齒。」顯現靈運在生活方面，穿戴鮮麗，不合制度。為登山旅遊方便也勇於創新。大概是才高學富，因此狂傲不羈，具名士性格，是以「多稱疾不朝」，肆意雲遊山水，新製「謝公屐」以供登山遊覽。如此個性，導致後來悲劇下場。

早期山水詩，只是詩篇附屬。至謝靈運時，獨立為山水詩，不同往昔。謝靈運山水詩，在於詩人登山、涉水、賞理，乃至因景引情、領悟道理，是以詩中表現：記遊→寫景→興情→悟理的詩篇結構，也是齊梁時代，山水詩的普遍結構。由於這種詩篇結構，引起對謝靈運山水詩拖個玄言尾巴，或者說前後判若兩詩的責難。不過，山水詩的興起，在於「莊老告退，山水方滋」（《文心雕龍、明詩》），謝詩在不得意的仕途中，企圖以山水美景來淨化精神，也不得不藉助於各家哲理轉移現實感情。

鍾嶸《詩品、上》曰：「宋臨川太守謝靈運，其源出於陳思，雜有景陽（張載）體，故尚巧似，而逸蕩過之，頗以繁富為累。」（藝文印書館）。謝詩好典故，詩作顯得繁富，或許是「才高」的另一種詮釋。

黃子雲《野鴻詩的》云：「康樂于漢魏外，別開蹊徑，舒情綴景，暢達理旨，三者兼長，洵堪睥睨一世。」（木鐸）。黃節注《謝康樂詩、序》云：「康樂之詩，合《詩》、《易》、聃、周、騷、辯、仙、釋以成之，其所寄懷，每寓本事，說山水則苞名理，康樂詩不易識也。」（藝文）。可知謝詩以名理寄於山水詩作，不易一般人理解。

沈德潛《古詩源》云：「陶詩合下自然。不可及處，在真在厚。謝詩追琢而返於自然，不可及處，在新在俊，千古並稱，厥有由夫。」（卷十，浙江古籍）。又云：「陶詩高處不在排，謝詩勝需在排，所以終遜一籌。」（同上）。陶詩尚自然，謝詩尚雕琢，形成不同的風格。

附錄：謝靈運家族及其後輩

附錄：謝靈運家族及其後輩

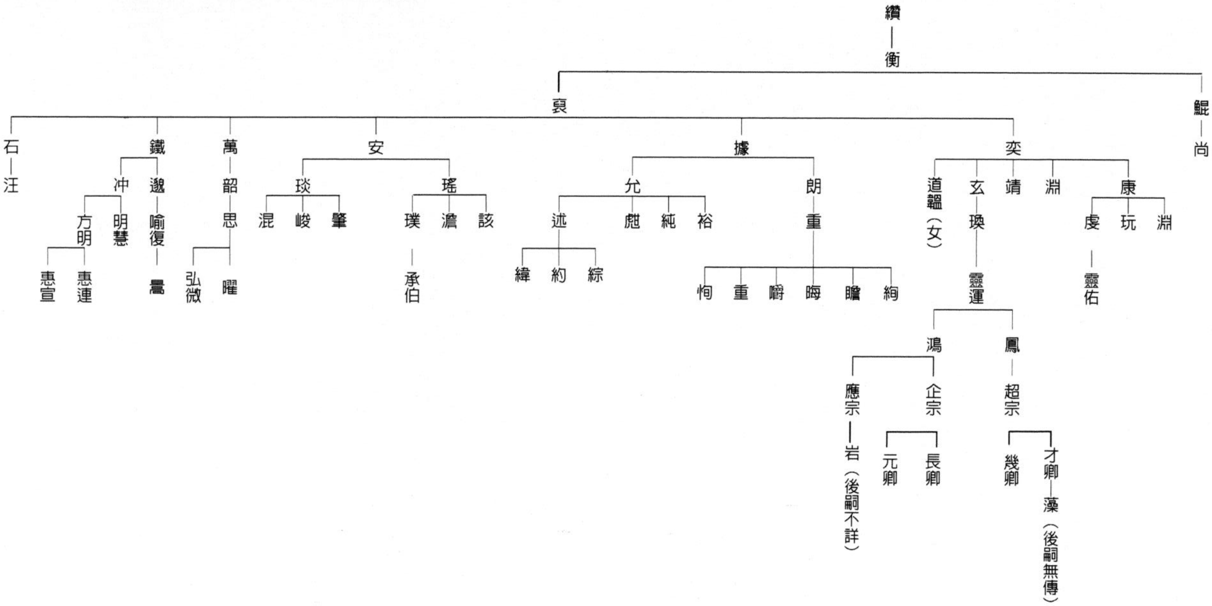

五、謝靈運詩選評注

過始寧墅

束髮懷耿介(一)，逐物遂推遷。違志似如昨，二紀及茲年(二)。緇磷謝清曠，疲薾慚貞堅(三)。拙疾相倚薄，還得靜者便(四)。剖竹守滄海，枉帆過舊山(五)。山行窮登頓，水涉盡洄沿(六)。巖峭嶺稠疊(七)，洲縈渚連綿。白雲抱幽石，綠筱媚清漣(八)。葺宇臨迴江，築觀基曾巔(九)。揮手告鄉曲，三載期歸旋(十)。且為樹枌檟，無令孤願言(十一)。

【注釋】

(一)束髮：指童年時代。懷耿介：抱有堅定不移的崇高志向。

(二)違志：志，孔子十五而志於學。違志言違背少年的志向。二紀：二十四年。一紀十二年。茲年：今年。

(三)緇磷：變黑變薄，喻指在朝在野，自己沒有堅守初衷。語本：《論語・陽貨》：「不曰堅乎，磨而不磷。不曰白乎，涅而不緇。」(世界)。原指最堅固的東西是磨不薄的，最白的東西是染不黑的。此反用其意。朝服以緇布為衣。謝：辭去，拋棄。清曠：指清明遠大的理想。表示自己不堅定，誤入仕途。疲薾(音爾)：疲憊，軟弱。指厭於世事，意志消沈。慚貞堅：因未能做到堅貞不渝而慚愧。

(四)拙：拙劣，指不善於做官。相依薄：互相依偎牽附。還得靜者便：還是離開喧囂的塵世回歸故鄉過平靜的隱居生活比較便利。這兩句是說既不會做官，又疾病纏身，兩者相加，迫使自己不得不選擇隱居修養的歸宿。

（五）剖竹：接受朝廷的符信，也就是剖符，奉命之意。漢代制度，任命地方長官要剖竹為二，一留中央，一給地方官，分而相合，作為信符。守滄海：即當永嘉太守。滄海本是東海的通稱，永嘉臨海，故此特指永嘉郡。枉帆：枉曲帆船，即讓船隻繞路過舊居。舊山：相當於故鄉，指始寧墅。

（六）山行：走山路。窮：盡，全都是。登頓：上山叫登，下山叫頓。水涉：走水路。洄沿：逆流而上曰遡洄，順流而下曰沿。

（七）岩峭：山石險峻。嶺稠疊：峰巒稠密而層層疊疊。

（八）抱：縈繞，纏裹。幽石：青黑色岩石。筱：細竹。媚：撫弄。清漣：清水微波。

（九）葺宇：編紮茅草，修蓋房屋。臨：面對。迴江：江流長遠。築觀：建築樓台。基曾巔：以高山之頂為基地，築起樓台會顯得更高。曾通層，層疊而高。

（十）鄉曲：鄉里，這裡指故鄉的親友。期：期約，約定。旋：意同歸。古時地方官大都以三年為一任，到時考核轉換，故相約三年期滿即回歸故鄉隱居。

（十一）且為：請替我。樹：種植。枌檟（音墳假）：兩種上好的木材，常用以作棺椁，表示將回故鄉養老終死。無令：不要讓我。孤：通辜，辜負，違背。願言：意願，願望。言為語助詞，無義。

案：此詩寫於劉裕永初三年（西元四二二），作者赴永嘉任所，經過浙江始寧（今浙江上虞縣）祖居莊園時作，時靈運三十八歲。詩中作者赴永嘉的機會，枉帆故鄉一遊，並美故鄉山水，末四句表達三年永嘉太守後，即回歸始寧隱居的心願。王世貞《藝苑卮言》（《歷代詩話續編》藝文）云：「謝靈運天質奇麗，運思精鑿，雖格體創變，是潘陸之餘法也，其雅縟乃過之。」此詩可說明。

登池（一）上樓

潛虯媚幽姿，飛鴻響遠音（二）。薄霄愧雲浮，棲川怍淵沉（三）。進德智所拙，退耕力不任（四）。徇祿反窮海，臥痾對空林（五）。衾枕昧節候，褰開暫窺臨（六）。傾耳聆波瀾，舉目眺嶇嶔（七）。初景革緒風，新陽改故陰（八）。池塘生春草，園柳變鳴禽（九）。祁祁傷豳歌，萋萋感楚吟（十）。索居易永久，離群難處心（十一）。持操豈獨古，無悶徵在今（十二）。

【注釋】

（一）池：即後來的謝公池，池上建有樓台，在永嘉郡。黃節《謝靈運詩註》引《太平寰宇記》：「謝公池，在溫州（永嘉）西北三里，積穀山東，『池塘生春草』即此處。」（藝文）

（二）潛：潛伏，潛藏。虯：傳說中一種有腳的小龍。媚：展媚態，有自我憐惜之意。幽姿：閑靜婀娜的優美姿態。飛鴻：一種能高飛的水鳥。響遠音：在高空鳴叫，留下縷縷聲音。

（三）薄霄：薄，近。薄霄，言飛鴻能接近雲霄。愧雲浮：愧對浮雲。棲川：棲息川澤。怍：慚愧。淵沈：即沈淵，深淵。

（四）進德：增進德業，指做官治世。《周易・乾卦》：「君子進德修業，欲及時也。」（四部叢刊）。智所拙：缺乏投機取巧的智能。退耕：辭官務農。力不任：體力承受不了。

（五）徇祿：曲從俸祿，即為了求得生活的錢糧。反：同返，回到。窮海：邊遠的海鄉，指永嘉郡。臥痾：臥病，因病而躺在床上。對空林：面對空曠的山林。

（六）衾枕：被子和枕頭，這裡用作動詞，指長期躺臥在床。昧節候：不知道季節變化。褰開：撩起窗帷，推開窗戶。暫窺臨：臨窗做短暫的眺望。

（七）傾耳：豎起耳朵，表示專心致志地聽。聆：用心地聽。舉目：抬頭張目。眺：遠望。嶇嶔（音欽）：高聳險峻的山峰。

（八）初景：初春的陽光。革：改變。緒風：冬日殘留的寒冷空氣。《楚辭・涉江》：「欸秋冬之緒風。」王逸注：「緒，餘也。」（藝文）新陽：新春。故陰：寒冬。春為初陽，夏為老陽；秋為初陰，冬為老陰。《神農本草》：「春夏為陽，秋冬為陰。」（四部叢刊）

（九）園柳變鳴禽：園中柳樹變綠，鳥兒飛上枝頭鳴唱各種歌曲。

（十）「祁祁」二句：「祁祁」的春景使人想起《豳風》詩歌中的悲傷。指《毛詩・豳風・七月》篇卷八，：「春日遲遲，采蘩祁祁，女心傷悲，殆及公子同歸。」（四部叢刊）。萋萋感楚吟：楚人也曾吟唱「萋萋」的詩句抒發感情。指《楚辭・招隱士》：「王孫游兮不歸，春草生兮萋萋。」（藝文）

（十一）索居：單居獨處。易永久：一下子就過了許久。離群：離開親友人群。難處心：難以讓心情安定。

（十二）持操：秉持不變的節操。豈獨古：難道只有古人具有。無悶：指拋棄世俗移情山水不感苦悶的德行。語出《周易・乾卦・文言》：「龍德而隱者也。不易乎世，不成乎名。遁世無悶，不見是而無悶。」徵在今：從現在開始實行。這兩句表達了詩人將要持操隱遁的決心。

案：景平元年（西元四二三）開春，謝靈運三十九歲。詩中首先說出自己進退兩難及謫居海濱的不滿，次寫久病初癒，故登樓賞景而作此詩。見窗外景物盎然，觸景生情，思想思親，終以避世隱居。首兩句，詩人借喻。三四句詩人自比。中間八句，言己病癒之後，遠眺新陽，滿懷喜悅。「池塘」二句描繪春景，語言樸實自然。末，思及《詩經》、《楚辭》中女子、隱士離群索居、及與公子同歸不得已的傷感。末言己則遁世無悶。既能以情入理，又能融畫入情，典雅清新，意境豁達，表達了詩人將要拋棄塵緣牽慮，持操隱遁的決心。嚴羽《滄浪詩話》云：漢魏古詩氣象混沌，難以句摘，晉以還方有佳句。如淵明「採菊東籬下，悠然見南山」，謝靈運「池塘生春草」之類。（《歷代詩話》台北藝文印書館）

晚出西射堂（一）

步出西城門，遙望城西岑（二）。連障疊巘崿，青翠杳深沉（三）。曉霜楓葉丹，夕曛嵐氣陰（四）。節往感不淺，感來念已深（五）。羈雌戀舊侶，迷鳥懷故林（六）。含情尚勞愛，如何離賞心（七）。撫鏡華緇鬢，攬帶緩促衿（八）。安排徒空言，幽獨賴鳴琴（九）。

【注釋】

（一）西射堂：在永嘉（今溫州）西南約二里處，就是後來的西山寺。

（二）西城門：永嘉城西門，出此可以步行至西射堂。岑：小山。

（三）障：即嶂字，連綿似屏障的山峰。巘（音眼）：山峰。崿：山崖。青翠：指山的顏色。杳：深遠朦朧的樣子。

（四）曉：拂曉，清晨。丹：赤紅色。夕曛：日落時的餘光。嵐氣：山中雲氣。夕曛嵐氣陰：指暮色與山風林氣相蒸相蒙而形成的一片依山浮動的模糊不清的陰暗。

（五）節往：季節變換時光流逝。慼：憂傷。感來：觸景生情，各種感想奔騰襲來。念：心思，憂慮。

（六）羈雌：失偶孤單的雌性鳥獸。舊侶：從前的伴侶。迷鳥：迷失歸途的鳥。懷：思念。故林：從前棲息過的林巢。

（七）含情：指凡有感情的動物。尚：崇尚，嚮往，希望得到。勞愛：慰勞愛戀。賞心：內心相互欣賞，指知心好友。

（八）撫鏡：擦拭鏡子而照。華緇鬢：原先烏黑的鬢髮如今變成了花白。言老。攬帶：拉扯衣帶。緩促衿：本來緊繃的衣衿，現在變得寬鬆了。言瘦。這兩句是說自己因憂愁苦悶而變老變瘦了。

（九）安排：指天人合一，物我不分的無憂無慮的境界。語出《莊子·大宗師》：「仲尼謂顏回曰：安排而去化，乃入于寥天一。」郭象注：「安于推移而與化俱去，故乃入于寂寥而與天惟一也。」徒：只，只是。空言：不切實際的空話。幽獨：幽靜孤獨。《楚辭》：「幽獨處乎山中。」賴鳴琴：依靠琴聲來排遣幽獨。嵇康〈琴賦〉：「處窮獨而不悶者，莫近于音聲也。」（黃節《謝康樂詩註》引）（藝文）詩用其意。

案：詩為三十八歲作。此詩寫於到達永嘉郡之後。作者獨步西門遠眺，感年華易逝，故鄉邈遠，詩中借秋景抒羈旅幽寂之懷，「羈雌戀舊侶」，「含情尚勞愛」，似指與廬陵王劉義真，言分飛之苦。沈啟原《謝康樂詩集》引何焯《義門讀書記》云：「夕曛陰沈，丹楓轉灼，四語妙于參差掩映。」（上海古籍出版社）

遊南亭（一）

時竟夕澄霽，雲歸日西馳（二）。密林含餘清，遠峰隱半規（三）。久痗昏墊苦，旅館眺郊歧（四）。澤蘭漸被徑，芙蓉始發池（五）。未厭青春好，已睹朱明移（六）。戚戚感物歎，星星白髮垂。樂餌情所止（七），衰疾忽在斯。逝將候秋水，息景偃舊崖（八）。我志誰與亮，賞心惟良知（九）。

【注釋】

（一）南亭：地名，離永嘉郡治（今溫州市）一里左右。

（二）時竟：季末，此指春末夏初。澄霽：陣雨過後，天地澄碧清朗。雲歸：烏雲散開消失，指雨過天晴。

（三）餘清：雨後留下的清涼。半規：半圓形，指落山時隱沒一半的太陽。

（四）痗：病，這裡引申為厭惡義。昏墊：潮濕昏暗。永嘉臨海，地勢低窪，陰雨連綿，故用「昏墊」形容。旅館：客舍。眺郊歧：遠望郊外的岔路。

（五）澤蘭：鮮活潤亮的蘭草。漸被徑：慢慢地覆蓋了小路。芙蓉始發池：池塘裡的蓮花剛剛開放。這兩句襲用《楚辭・招魂》「皋蘭被徑兮斯路漸」、「芙蓉始發雜芰荷些」（藝文）的意思。

（六）厭：滿足，充分享受。青春好：春天的美好景色。睹：看見。朱明：本指太陽，借指夏天。黃節《詩註》引《爾雅》：夏為朱明。移：到來。這兩句襲用《楚辭・大招》：「青春受謝，白日昭只。」（藝文）

（七）樂餌情所止：音樂和美食是人性留戀的東西。語本《老子》：「樂與餌，過客止。」（世界）。衰疾忽在斯：在吃喝玩樂中忽而變得年老多病了。

（八）逝：語助詞，無義。候：等待。息景：即息影，指隱遁形跡。偃：俯臥。舊崖：猶言故山，即故鄉的山。這兩句取意於《莊子》的〈齊物論〉和〈秋水篇〉。

（九）誰與亮：跟誰表白。賞心惟良知：理解讚賞我心願的只有良朋知友。應指廬陵王劉義真。

案：此時作者三十九歲為景平元年夏天，詩人傍晚時漫步南亭，澤蘭披徑，芙蓉發池，感景物變換，憂思催老，決計待秋水到來時乘舟歸隱。本詩前八句言景，後八句言情，末言情志所繫。感嘆知己友人不在、景物變換，準備息隱歸林之志。

過白岸亭(一)

拂衣遵沙垣(二)，緩步入蓬屋。近澗涓密石(三)，遠山映疏木。空翠難強名(四)，漁釣易為曲。援蘿聆青崖(五)，春心自相屬。交交止栩黃(六)，呦呦食苹鹿。傷彼人百哀(七)，嘉爾承筐樂。榮悴迭去來，窮通成休慼(八)。未若長疎散，萬事恒抱朴(九)。

【注釋】

(一)白岸亭：在楠溪西南，離永嘉八十餘里，以溪岸沙白而得名。黃節《詩註》引謝靈運〈歸途賦〉：「發青田之枉渚，逗白岸之空亭。」(藝文)。即此白岸亭。

(二)拂衣：猶今言整裝待發，是古人動身出門時的一種動作。遵：沿著。沙垣：狀如圍牆的沙堤。蓬屋：用蓬草蓋頂的房屋，即白岸亭。

(三)近澗：指楠溪。涓密石：細細的水流從密密麻麻的卵石上流過。映疏木：顯現出粗大的樹木。

(四)空翠句承遠山，漁釣句承近澗。空翠：染綠天空的青翠山色。難強名：難以勉強用語言描述。《老子》第二十五章：「吾不知其名，字之曰道，強為之名曰大。」(世界)詩句暗含有老子的玄理。易為曲：容易形成彎曲狀。此句也有《老子》「曲則全」(第二十二章)的思想，表面上說魚鉤易彎，實際指隱居漁釣者最能體會全身的道理。

(五)援：攀援。蘿：藤蘿，一種蔓生植物。聆青崖：傾聽青崖間的自然聲調，如鳥鳴聲、流水聲。春心：春日的傷感心情。自相屬：跟所處的自然環境相互連接融合。此句襲用《楚辭・招魂》「極目千里兮傷春心」之意。

(六)交交止栩黃：此句為《詩經・秦風・黃鳥》「交交黃鳥，止于棘」的省併，用以代指「哀三良」之意。毛《傳》：「交交，小貌。」栩：當作棘，大概是涉《小雅・黃鳥》「黃鳥黃鳥，毋集于栩」而誤。呦呦食苹鹿：此句從《詩經・小雅・鹿鳴》「呦呦鹿鳴，食野之苹」來。用以代指「宴群臣嘉賓」之意。此處不一定實指黃鳥、鹿鳴聲，只不過借《詩經》典故，言哀樂無端。呦呦：鹿鳴聲。苹：一種蒿草。

（七）傷：為……而悲傷。人百哀：《詩經・秦風・黃鳥》有「如可贖兮，人百其身」之句，表達秦人對為秦穆公殉葬的三位良臣的哀思。這裡借指死於非命的忠臣良將。嘉：慶幸，羨慕。承筐樂，《詩經・小雅・鹿鳴》一章有「吹笙鼓簧，承筐是將」。這裡借指受到君王恩寵而尋歡作樂的眾臣。以上四句，借《詩經・黃鳥》哀三良之死和〈鹿鳴〉宴群臣作樂之詩意，寄以人生哀樂、禍福變化，暗示仕途凶險，今日樂融融，明日可能冤死，故引發下面的榮悴窮通之嘆。

（八）榮悴：榮耀顯達和屈辱憔悴。迭：遞相，交互。窮通：與榮悴義近，仕途順利通達叫通，仕途挫敗不順叫窮。成休戚：造成命運時好時壞。休：吉慶、歡樂。戚：憂愁、悲傷。

（九）未若：不如。疏散：散開，指離開官場而隱居山水。恒：常。抱朴：保持本真，不為官勢物欲所誘惑。語出《老子》：「見素抱朴，少私寡欲。」（世界）

案：本詩作於景平元年春，作者三十九歲作。上半寫白岸亭一帶美景，下半以古代三良被害和權臣受寵，影射朝廷不辨忠奸，從而知窮通無定，禍福往復的結論。詩中一二句敘事，三至八句言景，九句「交交」起議論，遠近景物、一哀一樂、一抑一揚。而以《老子》見素抱朴為結，寓玄理於山水，感仕途坎坷，因而決意長期脫身塵俗，抱朴歸真。

遊赤石進帆海（一）

首夏猶清和（二），芳草亦未歇。水宿淹晨暮，陰霞屢興沒（三），周覽倦瀛壖，況乃陵窮髮（四）。川后時安流，天吳靜不發（五）。揚帆採石華，掛席拾海月（六）。溟漲無端倪，虛舟有超越（七）。仲連輕齊組，子牟眷魏闕（八）。矜名道不足（九），適己物可忽。請附任公言，終然謝天伐（十）。

【注釋】

（一）赤石：地名。黃節《謝康樂詩註》（下省作《詩註》）引謝靈運《游名山志》：「永寧、安固二縣間，東南便是赤石，又枕海。」（藝文）。永寧為當時永嘉郡治，即今浙江溫州市。安固又作安國，即今浙江瑞安縣。帆海：今之帆游山，在瑞安縣北四十五里。黃節《詩註》又引宋鄭緝之《永嘉郡記》：「帆游山地昔為海，多過舟，故山以帆名。」（藝文）

（二）首夏：初夏。猶：仍然。清和：清爽和暖。亦未歇：也沒有停止生長，仍是一派欣欣向榮的景象。

（三）水宿：生活在水中，即住宿舟船之上。淹晨暮：將晨暮連成一體，分不清早晚。陰霞：陰雲和彩霞。屢興沒：多次變換，即或雨或晴，時而陰雲密佈，時而彩霞滿天。

（四）周覽：遍觀，即全都遊覽過了。倦瀛壖（音贏軟）：對海邊岸上的景物已覺得厭倦。傳說九州之外有大瀛海包圍，故東海也可泛稱為瀛。況乃：何況是。陵：凌駕。窮髮：北方的不毛之地。《莊子・逍遙游》：「窮髮之北，有冥海者，天池也。」（世界）。這裡借指遙遠的海洋。

（五）川后：波神。曹植〈洛神賦〉：「川后靜波。」天吳：水伯。是位獸神，長八個腦袋，八只足，八條尾巴，背的顏色青中帶黃，形狀可怖。《山海經・海外東經第九》：「朝陽之谷神曰天吳，是為水伯。」（四部叢刊）。不發：不動作，不激盪，不掀起波濤。《楚辭・九歌・湘君》：「沛吾乘兮桂舟，令沅湘兮無波，使江水兮安流。」（藝文）。這兩句襲用其意，說明當時的大海風平浪靜，宜于遠遊。

（六）揚帆、掛席：都是張帆行舟的意思。石華、海月：兩種可食用的海味水產。黃節《詩註》引《臨海水土物志》：「石華附石，肉可啖。」又：「海月，大如鏡，白色。」（藝文）

（七）溟漲：泛指大水。無端倪：無頭無尾，無邊無際。虛舟：沒有載物的空船。超越：超然漂行。

（八）仲連輕齊組：魯仲連輕視齊國的封賞。《史記・列傳第二十三・魯仲連傳・卷八十三》載：魯仲連義不帝秦，而魏無忌奪晉邊軍以救趙，擊秦軍，秦軍遂去。平原君欲封賞魯仲連，仲連不受。又：齊田單攻燕聊城不下，魯仲連乃用計迫使燕將自殺，於是聊城被破。平原君想封賞魯仲連，而他不要封賞，逃隱于海上。組：係冠帽或印章的絲帶，借指官爵。子牟眷魏闕：公子牟留戀魏王室的高官厚祿。《呂氏春秋》載中山公子牟為詹子曰：「身在江海之上，心居魏闕之下，奈何？」這裡借用來諷刺假隱士。魏闕：宮門外懸法之處，代指政界官場。

（九）矜名：崇尚空名。道不足：不值得稱道。

（十）附：依附。任公言：指任公教導孔子的一段話。見《莊子・山木》篇：大意是直木先伐，甘泉先竭，太聰明，太惹眼容易遭到不測。

案：此詩作於少帝劉義符景平元年（西元四二三）初夏，作者三十九歲。首十二句寫赤石美景。次寫揚帆越海。「仲連」四句，以魯仲連卻秦兵，解趙邯鄲之圍，功成而不受平原君封賞。末二句，言聖人尚遭陳蔡之困，自己只有「削跡損勢」，不為功名，浪跡江海，才能遠身僻害。詩中借齊君封賞魯仲連，仲連逃隱海上，及中山公子牟留戀王室，高官厚祿，諷刺假隱士，因以寄慨。所謂榮悴窮通，不如離開官場，全生保真。沈啟原刻《謝康樂詩集》引《何義門讀書記》云：「老杜〈渼陂行〉奪胎于此，波瀾頓挫，在數詩中，尤為出格。」（上海古籍）是也。

登江中孤嶼(一)

江南倦歷覽，江北曠周旋(二)。懷新道轉迴，尋異景不延。亂流(三)趨正絕，孤嶼媚中川(四)。雲日相暉映，空水共澄鮮(五)。表靈物莫賞，蘊真誰為傳(六)。想像崑山姿，緬邈區中緣(七)。始信安期術，得盡養生年(八)。

【注釋】

(一)江中孤嶼：指永嘉江中的孤嶼山。黃節《詩註》引《太平寰宇記》：「孤嶼，在溫州南四里，永嘉江中渚，長三百丈，闊七十步，有二峰。」(藝文)。素有「甌江蓬萊」之稱，是溫州名勝。

(二)曠周旋：已經許久沒有去遊覽了。

(三)懷新道轉迴：一心想發現新的景觀，因而繞了許多彎路以致越走越遠。尋異景不延：因忙於尋找異景奇致，不覺時間已晚，光陰不肯為我們延長一些。

(四)亂流：舟船橫截江水。趨正絕：朝向正面直渡。《荀子・勸學》：「假舟楫者，非能水也，而絕江河。」(世界)孤嶼：獨立於水中的石山，這裡為專有名詞，特指孤嶼山。媚中川：在江中呈現嬌媚姿態。

(五)空水共澄鮮：天空與江水都澄徹鮮亮。

(六)表靈：指孤嶼山顯露於自然的外表，具靈秀之美。物莫賞：沒有人能欣賞。「物」指人類。蘊真：指隱藏於孤嶼山中的神仙。誰為傳：哪個來替他們傳說呢？

(七)想像崑山姿：這是對神仙生活的憧憬和嚮往。傳說崑崙山上包括西王母及許多神仙住在那裡，故用「崑山」代指神仙。緬邈：遠離。區(音甌)中緣：繁華人世間的塵緣。

(八)安期：即安期生，傳說中活過千歲的仙人。術：指能使人長生不老的道術。得：能夠。養盡生年：過完天年，自然終老。《莊子・養生篇》：「可以盡年。」(世界)

案：詩作於景平元年，作者三十九歲，言江南遊遍了，再去江北尋找新風景。前八句敘事寫景。「亂流」二句，截流而渡，忽得孤嶼山於川中。寫江中孤嶼山美景，有如崑崙神山，相信安期生之術，可避世遠禍，頤養千年。由仙靈所居，襯托孤嶼山景物之美，脫屣遺世，不言可喻。

石門新營所住、四面高山、迴溪石瀨、茂林脩竹（一）

躋險築幽居，披雲臥石門（二）。苔滑誰能步，葛弱豈可捫（三）。嫋嫋秋風過，萋萋春草繁（四）。美人遊不還，佳期何繇敦（五）。芳塵凝瑤席，清醑滿金尊（六）。洞庭空波瀾，桂枝徒攀翻（七）。結念屬霄漢，孤景莫與諼（八）。俯濯石下潭，仰看條上猿（九）。早聞夕飆急，晚見朝日暾（十）。崖傾光難留，林深響易奔（十一）。感往慮有復，理來情無存（十二）。庶持乘日車，得以慰營魂（十三）。匪為眾人說，冀與智者論。

【注釋】

（一）石門：地名，在今浙江嵊縣西北。黃節《詩註》引《一統志》：「謝靈運山居，在嵊縣北五十里石門山。四面高山，迴溪石瀨。」（藝文）。迴溪：曲折迴轉的溪水。石瀨：石間湍急的流水。茂林脩竹：竹林茂密高深。

（二）躋：攀登。幽居：清靜的住處。披雲：撥開雲層。言己身居雲中，極言石門新居之高。

（三）步：行走。弱：細微。捫：援持。

（四）嫋嫋（音鳥鳥）：細軟綿長的樣子。句本《楚辭・九歌・湘夫人》：「嫋嫋兮秋風，洞庭波兮木葉下。」（藝文）萋萋：雜草叢生茂盛的樣子。本《楚辭・招隱士》：「王孫游兮不歸，春草生兮萋萋。」（藝文）。這兩句非眼前景觀，而是藉著秋、春之景，以見時令變遷，引起思友情緒。

（五）美人：指朋友。元劉履《選詩補注》卷六以為從弟謝惠連。佳期：好日子。何繇：由何，以何，憑什麼，怎麼。敦：通團，團聚。

（六）芳塵：即灰塵，加芳字，指皆花木之塵。凝：落滿，粘結。瑤席：如玉石般細膩明淨的席墊。清醑：純淨的美酒。金尊：漂亮而名貴的酒器。

（七）洞庭：湖名，在今湖南省岳陽市。攀翻：牽弄翻玩。這兩句化用了《楚辭・九歌・湘夫人》「洞庭波兮木葉下」，又〈招隱士〉「攀援桂枝兮聊淹留」以及《九歌・大司命》「結桂枝兮延佇，羌愈思兮愁人」等句的意思。「空」與「徒」，「洞庭」二句，由迴溪石瀨而思及《楚辭・九歌》典故。寫出欣賞美景的孤寂感。

（八）結念屬霄漢：如果把思念比作絲線而連結起來的話，能跟空中的雲彩和天河相接。屬，連接。孤景莫與諼：即孤影獨處，沒有人能使我忘憂解愁。「景」同「影」。諼（音宣）：忘記。

（九）濯（音濁）：洗滌。條：指樹枝、樹幹。

（十）早：先。夕飆：晚間強勁的山風。晚：後。暾（音吞）：太陽初出時圓而厚實的樣子。《楚辭・九歌・東君》「暾將出兮東方」。王逸注：「始出其形，暾暾而盛大也。」

（十一）光難留：光照時間短。響易奔：各種聲音容易傳遞、也容易消失。

（十二）感往：孤苦的感受好不容易成為過去。慮有復：擔心會反覆重來。理來：妙理到來，即想起道學玄理的時候。情無存：道家主張物我合一，我既為物，感情自然也就不存在了。

（十三）庶：希望。持：牽持，拉著不放。乘日車：運載太陽的車。語出《莊子・徐無鬼》：牧馬童子為黃帝曰：「有長者教予曰：若乘日之車，而游於襄成之野。」（世界）庶持乘日車，意思是挽留時光別跑得太快，以便自己能盡情游賞。營魂：心靈，精神。《楚辭》有「載營魂而升霞」句。

案：詩作於宋少帝義隆元嘉七年（西元四三〇），作者四十六歲。詩中書寫石門新居的風光，次寫友人遠遊在外，不能與己共賞良臣美景，因感孤獨，及詩人在此生活的感受。末以道家「道可重，故物可輕，理寧存，故事斯忘。」融情入理。白居易有〈讀謝靈運〉詩云：「吾聞達士道，窮通順冥數；通乃朝廷來，窮即江湖去。謝公才廓落，與世不相遇。壯士鬱不用，須有所瀉處。瀉為山水詩，逸響諧奇趣。大必籠天海，細不遺草樹。豈惟故景物，亦欲攄心素。往往即事中，未能忘興諭。固知康樂作，不獨在章句。」（《白氏長慶集》商務四部叢刊）。楊慎《升庵詩話》云：謝靈運詩曉聞夕飈急，晚見朝日暾。此語殊有變互，凡風起必以夕，此云曉聞夕飈，即杜子美之喬木易高風也。晚見朝日，倒景反照也。（丁仲祜，《歷代詩話續編》，台北藝文印書館）可謂極盡思慮。

登石門（一）最高頂

晨策尋絕壁，夕息在山棲（二）。疏峰抗高館，對嶺臨迴溪（三）。長林羅戶穴，積石擁階基（四）。連巖覺路塞，密竹使徑迷。來人忘新術，去子惑故蹊（五）。活活夕流駛，噭噭夜猿啼（六）。沈冥豈別理，守道自不攜（七）。心契九秋幹，目翫三春荑（八）。居常以待終，處順故安排（九）。惜無同懷客，共登青雲梯（十）。

【注釋】

（一）石門：山名，在今浙江嵊縣西北。黃節《詩註》引謝靈運《游名山志》：「石門澗六處，石門溯水上入兩山口，兩邊石壁，右邊石巖，下臨澗水。」（藝文）。謝靈運於南北兩居，往來棲息。

（二）策：拄著手杖。尋：探著走路。棲：住宿。

（三）疏峰：遠處的山峰。抗：遙相對舉。高館：指建於石門絕壁上的精舍。迴溪：曲折迴旋的溪流。

（四）長林：高大的樹木。羅戶庭：排列在門前庭外。擁：堆滿。階基：屋簷下靠牆腳高出地面的小塊平台。（《文選》、《藝文類聚》等「階基」作「基階」。）

（五）術：道路。去子：離開的人。惑故蹊：忘記了原先走過的小路。

（六）活活：《毛詩・衛風・碩人》卷三：「河水洋洋，北流活活。」（四部叢刊）注云：洋洋，盛大也。活活，流也，此指水流聲。駛：快速奔流。噭噭：猿叫聲。

（七）沈冥：深沈無欲。守道：遵守養生之道。攜：分離。「不攜」指沒有二心。

（八）契：相合。九秋：即秋天，因為一秋九十天。幹：樹幹，指經得起深秋風霜侵凌的松柏等。目翫：用眼睛審視、欣賞。三春：即春天，因為春季三個月。荑：草木的初生嫩葉。這兩句寫秋為虛，寫春屬實。

（九）居常：甘處貧窮。又，死者，人之終。處順：採取順應自然的態度。安排：安於推移。指達到道家物我不分、人天合一、無憂無樂的境界。

（十）同懷客：抱負相同的人。青雲梯：傳說中架於青天白雲間的梯子，登之可以升天成仙，這裡借指隱逸之路。

案：此詩因還北返既久，復尋石門而作，時間在元嘉七年（西元四三〇）春，作者四十六歲。寫詩人在石門山所見：疏峰、高館、對嶺、迴溪。……所聞：泉響、猿啼。及處順安排的想法。首二句言題，晨往夕至，登石門山頂精舍。「夕息」句襯出高頂。「疏峯」下四句，前對秀峯，下臨深溪，庭前長林，階旁縱橫亂石。言高館四周形勢。「連巖」四句，倒補尋字。「活活」二句，言山澗水流，夜猿啼叫。「沈冥」二句，言沈深冥默，守道自持。「心契」二句，言高人雅致，守道不貳。末，悟出榮悴生死，順應自然。描寫了石門風光、隱居獨賞，及悟出萬物生死之道，順應自然的志節。

於南山往北山經湖瞻眺（一）

朝旦發陽崖，景落憩陰峰（二）。舍舟眺迥渚，停策倚茂松（三）。側逕既窈窕，環洲亦玲瓏（四）。俯視喬木杪，仰聆大壑潨（五）。石橫水分流，林密蹊絕蹤。解作竟何感，升長皆丰容（六）。初篁苞綠籜，新蒲含紫茸（七）。海鷗戲春岸，天雞弄和風（八）。撫化心無厭，覽物眷彌重（九）。不惜去人遠，但恨莫與同（十）。孤遊非情歎，賞廢理誰通（十一）。

【注釋】

（一）李善注《文選》引靈運〈山居賦〉：「若乃南北兩居，水通陸阻。……大小巫湖，中隔一山。然往北山，經巫湖中過。」（四部叢刊）。可見南北兩居中隔巫湖，而大小巫湖中又有一山。謝家在浙江會稽有始寧墅，南山和北山是始寧墅的兩大宅園。

（二）發陽崖：從南山出發。山南為陽，山北為陰，故南山稱陽崖，北山稱陰峰。陽崖、陰峯，分指南山、北山。景落：太陽下山。

（三）舍舟：離船上山。迥渚：遠處的小洲。策：手杖。倚：靠著。

（四）側逕：傍山的小路。窈窕：山道幽深的樣子。環洲：圓形島嶼，指巫湖中的山。玲瓏：青翠空明的樣子。

（五）喬木：高大的樹木。杪：樹梢。聆：聽。壑：山谷。潨（音從）：潨潨，水流聲。

（六）解作：語出《周易・解卦・彖辭》：「天地開而雷雨作，雷雨作而百果草木皆甲坼。」（四部叢刊）。意為春天萬物復甦。升長：意同生長。丰容：草木暢茂。

（七）初篁：新長的竹叢。苞綠籜（音唾）：已剝離而尚未脫落的笋殼半包著竹身。新蒲：剛長出的水草。紫茸：細毛茸茸的紫色花朵。

（八）天雞：野雞或錦雞。弄和風：在溫暖的春風中嬉戲。

（九）撫化：抱持萬物皆化的觀點。心無厭：內心嚮往，不厭惡。眷：願念，留戀。彌重：更加深切。

（十）去人遠：遠離人世而隱居。但恨莫與同：只是對無人共游感到遺憾。

（十一）此句語意晦澀難明，方虛谷曰：「謂己之獨游於此，不以真情形之嘆咏，則賞心之事之人既廢，此理誰與通乎？」

案：作者從南山新居，經巫湖返回東山故居晚景，洲渚玲瓏，草木新綠，鳥鳴宛轉等風光。詩以「一山一水」技巧，即寫在巫湖山上所瞻眺的景觀，「俯視喬木」四句，可入畫。所言「初篁」、「新蒲」顯現顏色之美；海鷗、天雞戲弄之姿有「景近而趣遙」之美。亦有物我合一的感覺。末，「但恨莫與同」卻又為孤游無伴而嘆惜。尤其山水所包玄理妙趣，無人能通曉，實為真正惋惜。寫作時間在元嘉二年（公元四二五）春，作者四十一歲。

從斤竹澗越嶺溪行（一）

猿鳴誠知曙，谷幽光未顯（二）。巖下雲方合，花上露猶泫（三）。逶迤傍隈隩，迢遞陟陘峴（四）。過澗既厲急，登棧亦陵緬（五）。川渚屢逕復，乘流翫迴轉（六）。蘋藻泛沉深，菰蒲冒清淺（七）。企石挹飛泉，攀林摘葉卷（八）。想見山阿人，薜蘿若在眼（九）。握蘭勤徒結，折麻心莫展（十）。情用賞為美，事昧竟誰辨（十一）。觀此遺物慮，一悟得所遣（十二）。

【注釋】

(一)斤竹澗：溪水名。今浙江紹興縣東南有斤竹嶺，離浦陽江約十里。題中之嶺即此斤竹嶺，而溪澗或在此嶺山下。

(二)誠：確實，原本。曙：天亮。谷幽：山谷深邃而陰暗。

(三)方：方才，才始。猶：仍然，還在。泫：形容水珠的晶瑩圓轉。

(四)逶迤(音威移)：山曲，山路彎彎曲曲、高低不平。傍：靠著。隈隩(音畏育)：山腳水邊。迢遞：連綿遙遠。陟：登。陘(音形)：山脈中斷的地方。峴(音現)：不太高的山峰。

(五)厲急：以衣涉水。厲急，急流。登棧：爬上棧道。棧道即傍懸崖絕壁鑿孔、支架起來的木板小路。陵緬：凌空面對著高深的山谷。

(六)川渚：溪谷沙洲。屢：每每，多次。逕復：往來，時直時曲，彎來拐去。乘流：順著溪流。迴轉：倒回來轉過去。兩句襲用《楚辭・招魂》「川谷逕復、流潺湲些」(藝文)意。

(七)苹、萍：都是水草，浮生水面。苹大萍小。泛沈深：漂浮在深沈的水潭上。菰蒲：兩種水生植物。菰葉細長而尖，長筍芽，俗稱茭白。蒲即香蒲，可以作席。冒清淺：從清淺的水裡長出枝葉來。

(八)企石：在岩石上挺身踮起腳後跟。挹：雙手捧水。摘葉卷：採摘含苞半卷的初生嫩葉。《文選》「摘」作「擲」。

(九)這兩句取意於《楚辭・九歌・山鬼》篇：「若有人兮山之阿，披薜荔兮帶女蘿。」(藝文)。山阿人即指身披薜荔腰繫女蘿的山鬼，同時暗指山居隱士。薜即薜荔，香草名。蘿即女蘿，又名菟絲，藤蔓植物。

(十)握蘭：拿著蘭草。蘭指石蘭，一種香草。勤徒結：空結殷勤之情意。折麻：折取麻花。麻指疏麻，開白花。心莫展：心意無法表白。石蘭、疏麻花都是用來贈送思念之人的，《楚辭・九歌》有「被石蘭兮帶杜衡，折芳馨兮遺所思」和「折疏麻兮瑤華，將以遺兮離居」(藝文)等語，即謝詩所本。

(十一)用：以。昧：不明。這兩句是說情愛以相互賞識為美，而我思念的山鬼若有若無，究竟誰能分辨得清此事的奧妙?

(十二)觀此：觀覽沿途的景物。遺：棄，拋開。物慮：塵世間的各種顧慮。一悟得所遺：進一步深思就悟出了排遺物慮的方法和道理。《淮南子》曰：「吾獨懷慷慨遺物而與道同出，是故有以自得也。」(世界)。郭象《莊子注》曰：「將大不類，莫若無心。既遣是非，又遣其所遣，遣之以至於無遣，然後無所不遣，而是非去也。」（世界）。謝詩蓋取意於此。

案：詩作於元嘉二年（西元四二五）夏，作者四十一歲作。作者自景平元年（西元四二三）秋托病離永嘉回鄉後，時往山陰拜會會稽太守、從叔謝方明，這首詩可能是他歸來斤竹嶺時作。寫沿溪而行的所見、所為、所想，思古憂獨而又用玄理自我解脫。「情用」二句，以情之所賞，即以為美。似指廬陵王言，景平二年廬陵王劉義真被殺，痛定思痛，感慨尤多。方東樹《昭昧詹言》言：「此詩華妙精深，幾於壓卷。」（廣文書局）

道路憶山中（一）

采菱調易急，江南歌不緩（二）。楚人心昔絕，越客腸今斷（三）。斷絕雖殊念，俱為歸慮款（四）。存鄉爾思積，憶山我憤懣（五）。追尋棲息時，偃臥任縱誕（六）。得性非外求，自已為誰纂（七）。不怨秋夕長，常苦夏日短。濯流激浮湍，息陰倚密竿（八）。懷故叵新歡，含悲忘春暖（九）。悽悽明月吹，惻惻廣陵散（十）。殷勤訴危柱，慷慨命促管（十一）。

【注釋】

（一）道路：指赴臨川之路。山中：指故鄉東山的始寧墅。

（二）采菱調：本為楚地采菱人所唱的民歌，這裡同時指《楚辭・招魂》篇的歌詞：「〈涉江〉〈采菱〉，發〈揚荷〉些。」急：急促。江南歌：指江南民歌，同時也指《楚辭・招魂》篇的歌詞：「魂兮歸來哀江南。」（藝文）

（三）楚人：指屈原。越客：指謝靈運自己。《謝靈運傳》：「靈運本在陳郡」，「父祖並葬始寧縣，並有故宅及墅，遂籍會稽」，「故稱越客焉。」（藝文）

（四）殊念：指各自傷心的原因和思想不同。款：扣擊。「為歸慮款」，意即被思歸的憂愁所深深打動。

（五）存鄉：懷念家鄉。爾思積：你的憂思深厚。憶山：思念東山的始寧墅。憤懣（音悶）：氣悶煩躁。

（六）棲息時：指拖病在始寧隱居的時候。偃臥：或仰躺或俯臥。縱誕：恣情放肆，無拘無束。黃節《詩註》引范曄《後漢書・光武帝紀第一》：「光武共嚴光偃臥，縱恣而傲誕。」（藝文）

（七）得性：得自然本性。自已：自發停止。纂：通「簒」，求取。「得性」、「自已」都源出《莊子》，是任其自然的意思。

（八）濯（音濁）流：在水流中洗滌。激浮湍：因阻擋急流而激起浪花。息陰：在林蔭下止息。倚：斜靠。竿：竹身。這兩句言山居之樂。

（九）這兩句的大意是：因思念故鄉故友含悲憂愁而忘了當前溫暖的春光，感受不到沿途風景所帶來的喜悅。叵：不可。

（十）〈明月吹〉：用笛吹的曲名。〈廣陵散〉：用琴彈的曲名。悽悽、惻惻：悲涼傷感。

（十一）危柱：豎立端正的弦柱，代指琴，承上「廣陵散」句。促管：短管，代指笛，承上「明月吹」句。

案：此詩作於元嘉九年（西元四三二）春，作者四十八歲。作者離京赴臨川途中，聽到楚越歌曲，「憶始寧山中而作。託言聞楚人歌調而起懷鄉悲憤者，蓋以今昔雖殊，而情不異也。」（黃節《詩註》語），楚歌使自己聯想到屈原被放逐，勾起了強烈的思歸情緒。方東樹《昭昧詹言》云：「起蓋託於怨者必言，勞者必歌，故以古歌曲起，即結句殷勤，慷慨也。」（廣文書局）意同。

入彭蠡湖口（一）

客遊倦水宿，風潮難具論（二）。洲島驟迴合，圻岸屢崩奔（三）。乘月聽哀狖，浥露馥芳蓀（四）。春晚綠野秀，巖高白雲屯。千念集日夜，萬感盈朝昏（五）。攀崖照石鏡，牽葉入松門（六）。三江事多往，九派理空存（七）。靈物吝珍怪，異人秘精魂（八）。金膏滅明光，水碧輟流溫（九）。徒作千里曲，絃絕念彌敦（十）。

【注釋】

（一）彭蠡湖：即鄱陽湖，在今江西省境內。

（二）客：指謝靈運自己。倦水宿：對水中漂泊的游宦生活感到厭倦。難具論：難以詳細敘說。

（三）驟：急速，多次。回合：迴旋接合。圻（音祁）：邊界，這裡指岸邊原野。崩奔：塌陷奔騰。

（四）乘月：趁著月色。聽哀狖（音幼）：聽猿猴的哀鳴。浥（音邑）露：濕淋淋的露水。馥芳蓀：芳蓀草飄散出濃郁的香氣。

（五）盈朝昏：早晚都裝滿心頭。

（六）石鏡、松門：二山名。據黃節《詩註》引《一統志》松門山，在南昌府北二百十五里。石鏡山為廬山支麓。（藝文）

（七）三江：長江在當地的三條支流。九派：湖北、江西境界的九條江水。據黃節《詩註》，陸德明引張僧鑒《潯陽記》：「九江，一曰烏白江，二曰蚌江，三曰烏江，四曰嘉靡江，五曰畎江，六曰源江，七曰廩江，八曰提江，九曰菌江。」（藝文）。事多往、理空存：大意是這一帶的江河形貌依舊，而與三江九派相關的種種事迹卻已成為過去。而其「理」，指地理形貌，空留其形。

（八）靈物：具有靈性之物。吝：惜，捨不得獻出。異人：指仙人。秘：隱藏不見。

（九）金膏：一種仙藥。《穆天子傳》卷一云：「天子之瑤、玉果、璿珠、黃金之膏。」（四部叢刊）。即此藥。水碧：一種寶玉。《山海經・東山經第四》曰：「耿山」「多水碧。」（四部叢刊）。輟：停止。眾本「輟」作「綴」，此從《文選》作「輟」，以便與上句「滅」義對應。流溫：光滑溫潤。

（十）徒：空。〈千里曲〉：樂曲名。常用以排遣憂愁。弦絕：樂曲演奏結束。念彌敦：思念更加厚重。

案：此詩為作者永嘉九年（西元四三二）春，作者四十八歲作。此時仍在赴任途中，前半寫連日乘船，好不容易到達湖口，但見洲島、圻岸、綠野、高巖，山景湖光，美不勝收。下半寫自己勉強提神，登高遠望，但詩人孤舟貶逐，心情鬱悶，對風光景物的感受全然不同，充滿了倦意。末二句，言奏曲冀以銷憂，曲終而愁愈甚。方東樹《昭昧詹言》云：「初讀三江二句不解，然心知其非死句剩語，久乃悟，以起下文耳。」（廣文書局）

七里瀨（一）

羈心積秋晨，晨積展遊眺（二）。孤客傷逝湍，徒旅苦奔峭（三）。石淺水潺湲，日落山照曜。荒林紛沃若，哀禽相叫嘯（四）。遭物悼遷斥，存期得要妙（五）。既秉上皇心，豈屑末代誚（六）。目睹嚴子瀨，想屬任公釣（七）。誰謂古今殊，異世可同調（八）。

【注釋】

（一）瀨（音賴）：水流沙上。「七里瀨」為地名，當地人稱「七里瀧（ㄌㄨㄥˋ）」，在浙江桐廬縣。

（二）羈（音基）：滯留，長期旅居在外。積：積聚，郁積。展：舒展，展開。游眺：移動視線四處觀賞。

（三）傷逝湍：為急流的逝去而傷感。徒旅：意同孤客，都是指孤獨的旅客。苦奔峭：在船上看到兩邊峭岸不斷地向後奔馳，心中有說不出的苦澀惆悵。

（四）荒林：空荒無人的森林。紛：繁雜。指各種樹木都有。沃若：枝葉茂盛的樣子。《詩經・氓》有「其葉沃若」。哀禽：叫聲淒涼的各種鳥獸。相叫嘯：彼此叫喊呼應。「嘯」也是「叫」，不過聲音更清亮舒長而已。

（五）遭物：指沿途所遇到的各種景物，如上舉淺水、落日、荒林、哀禽等。悼：傷感，悲念。遷斥：既指自己的被謫遷斥逐，也暗指節氣推移，含有時不我待的感慨。存期得要妙：大意是希望得要妙之道而長存不老。《楚辭・湘君》有：「美要眇兮宜修。」（藝文）。「遭物」二句，上句結上，下句結下。

（六）秉：執持，具有。上皇心：上古聖哲的思想。屑：顧。末代：指詩人所處的時代。誚：譏諷，責難。

（七）嚴子：嚴光，字子陵。漢代會稽人。漢光武帝劉秀請他坐諫大夫官，嚴子不就，而隱居於富春山。後人名其垂釣處為嚴陵瀨，在七里瀨的東邊。屬：連接。「想屬」相當於「聯想到」。任公釣：取意《莊子》任公釣魚的寓言。《莊子・外物》篇說，任國公子用大鈎巨繩牛餌，蹲在會稽而投竿東海，釣了一年，得到一條大魚，浙江以東蒼梧以北的人們因之而得飽食。

（八）同調：本指各種樂器的音調和諧，此指心意相同。

案：此詩為宋武帝劉裕永初三年（西元四二二），作者三十八歲作。此詩寫傍晚赴永嘉途經七里瀨時急流峭岸、荒林哀禽的秋景，及感想。傷感時光流逝，旅途苦奔，日落水流，哀禽叫嘯引起遭斥的哀傷。既秉聖哲之心，難以展布才華，只想學嚴光、任公之漁釣而已。

齋（一）中讀書

昔余遊京華，未嘗廢丘壑（二）。矧乃歸山川，心跡雙寂寞（三）。虛館絕諍訟，空庭來鳥雀（四）。臥疾豐暇豫，翰墨時間作（五）。懷抱觀古今，寢食展戲謔（六）。既笑沮溺苦，又哂子雲閣（七）。執戟亦以疲，耕稼豈云樂（八）。萬事難並歡，達生幸可託（九）。

【注釋】

（一）齋：指謝靈運在永嘉郡時的書齋。

（二）京華：指當時的京都建康，即今南京。謝靈運來永嘉前曾在京都做官多年，遊京華即指這一段時間。廢：忘懷。丘壑：泛指山水。二句言人在京都為官，心存山水。

（三）矧乃：況是。歸山川：回歸到山水之中，實際是指來到以山水聞名的永嘉郡。心跡：指內心思想和行為。雙寂寞：都感到空虛，即作永嘉太守既無事可想，也無事可做。前四句聊以自慰。「心跡」句，言永絕京師之望。

（四）虛館絕諍訟：官衙內沒有獄訟案件。（不需要處理公事），因而顯得清閒。空庭來鳥雀：官堂庭院空曠清靜，以致招來鳥雀止息覓食。

（五）豐暇豫：多有閒暇安樂的日子。翰墨：筆墨，代指文章詩賦。時間作：時常寫一寫。

（六）懷抱：似指懷抱典籍圖書。觀古今：從典籍圖書中觀覽古今人事。寢食展戲謔：在寢臥飲食之時展開談論說笑。

（七）沮溺：指長沮和桀溺，春秋時賢人，不肯游仕，結伴耕種，一輩子辛苦勞作。哂（音審）：譏笑，嘲笑。子雲閣：指揚雄投閣自殺一事。揚雄字子雲。據《漢書》記載，王莽篡位後，揚雄因甄豐、子尋等獻符命案受到牽連，當使者前來逮捕揚雄時，他正在天祿閣上校書，慌急中從閣上跳下，企圖自殺，差點死去。

（八）執戟：漢代的一種官職，地位和侍郎差不多。以疲：太疲倦。這句詩承上「子雲閣」而言，揚子雲曾作過執戟官。豈云樂：哪裡能算快樂。這句詩承上「沮溺苦」而言。

（九）幸可托：希望能夠寄託。尋求解決世事難並歡的矛盾，只好寄希望於老莊的道家思想。

案：本詩收在《謝康樂詩註・補遺》，作者三十八歲作，即於永初三年（西元四二二）冬。寫閒暇讀書時的一種想法，從京師貶官至永嘉，心情矛盾，後由寂寞到閒暇。從讀書悟出道理，認為從政易疲，像長沮、桀溺歸隱務農，耕稼也苦，像揚雄當官，又幾乎送命；所以慨嘆「萬事難並歡」，只好學莊子達觀以養生。方東樹《昭昧詹言》有云：「起四句不過逼入題，而開合闊遠，崢嶸飛動。」（廣文書局）

附：其他謝靈運詩選

富春渚

宵濟漁浦潭，旦及富春郭。定山緬雲霧，赤亭無淹薄。
遡流觸驚急，臨圻阻參錯。亮乏伯昏分，險過呂梁壑。
洊至宜便習，兼山貴止託。平生協幽期，淪躓困微弱。
久露干露請，始果遠遊諾。宿心漸申寫，萬事俱零落。
懷抱既昭曠，外物徒龍蠖。

遊南亭

時竟夕澄霽，雲歸日西馳。密林含餘清，遠峰隱半規。
久痗昏墊苦，旅館眺郊歧。澤蘭漸被徑，芙蓉始發池。
未厭青春好，已睹朱明移。慼慼感物歎，星星白髮垂。
藥餌情所止，衰疾忽在斯。逝將候秋水，息景偃舊崖。
我志誰與亮，賞心惟良知。

登永嘉綠嶂山

裹糧杖輕策，懷遲上幽室。行源逕轉遠，距陸情未畢。
澹潋結寒姿，團欒潤霜質。澗委水屢迷，林迥巖逾密。
眷西謂初月，顧東疑落日。踐夕奄昏曙，蔽翳皆周悉。
蠱上貴不事，履二美貞吉。幽人常坦步，高尚邈難匹。
頤阿竟何端，寂寂寄抱一。恬如既已交，繕性自此出。

田南樹園激流植援

樵隱俱在山，繇來事不同。不同非一事，養痾亦園中。
中園屏氛雜，清曠招遠風。卜室倚北阜，啟扉面南江。
激澗代汲井，插槿當列墉。群木既羅戶，衆山亦對牕。
靡迤趨下田，迢遞瞰高峯。寡欲不期勞，即事罕人功。
唯開蔣生逕，永懷求羊蹤。賞心不可忘，妙善冀能同。

登臨海嶠初發疆中作與從弟惠連見羊何共和之

杪秋臨遠山，山遠行不近。與子別山阿，含酸赴脩畛。
中流袂就判，欲去情不忍。顧望脰未捐，汀曲舟已隱。

隱汀絕望舟，鶩棹逐驚流。欲抑一生歡，并奔千里遊。
日落當棲薄，繫纜臨江樓。豈惟夕情斂，憶爾共淹留。
淹留昔時歡，復增今日歎。茲情已分慮，况乃協悲端。
秋泉鳴北澗，哀猿響南巒。戚戚新別心，悽悽久念攢。
攢念攻別心，旦發清溪陰。暝投炎中宿，明登天姥岑。
高高入雲霓，還期那可尋。倘遇浮丘公，長絕子徽音。

六、詩評選輯

南朝宋・鮑照：評顏、謝詩優劣

謝五言「如初發芙蓉」，自然可愛；君詩「若鋪錦列繡」，亦雕繢滿眼。（《南史》卷三四〈顏延之傳〉，「延之嘗問鮑照己與靈運優劣」，台北藝文印書館）

南朝梁・沈約：〈顏延之傳〉

延之與陳郡謝靈運俱以詞彩齊名，自潘岳、陸機之後，文士莫及也，江左稱顏、謝焉。所著並傳於世。（《宋書》卷七三，台北藝文印書館）

南朝梁・鍾嶸：《詩品》

元嘉中，有謝靈運，才高詞盛，富豔難蹤，固已含跨劉、郭，凌轢潘、左。故知陳思為建安之傑，公幹、仲宣為輔；陸機為太康之英，安仁、景陽為輔；謝客為元嘉之雄，顏延年為輔。斯皆五言之冠冕，文詞之命世也。（《詩品・序》；何文煥，《歷代詩話》，台北藝文印書館本，下同）

其源出於陳思，雜有景陽之體。故尚巧似，而逸蕩過之，頗以繁蕪為累。嶸謂若人興多才高，寓目輒書，內無乏思，外無遺物，其繁富宜哉！然名章迥句，處處間起；麗典新聲，絡繹奔會。譬猶青松之拔灌木，白玉之映塵沙，未足貶其高潔也。初，錢唐杜明師夜夢東南有人來入其館，是夕，即靈運生於會稽。旬日，而謝玄〔瑍〕亡。其家以子孫難得，送靈運於杜治養之。十五方還都，故名「客兒」。（《詩品》卷上）

湯惠休曰：「謝詩如芙蓉出水，顏如錯彩鏤金。」（《詩品》卷中）

小謝才思富捷，恨其蘭玉夙凋，故長轡未騁。〈秋懷〉、〈擣衣〉之作，雖復靈運銳思，亦何以加焉。又工為綺麗歌謠，風人第一。《謝氏家錄》云：「康樂每對惠連，輒得佳語。後在永嘉西堂，思詩竟日不就，寤寐間忽見惠連，即成『池塘生春草』。故嘗云：『此語有神助，非我語也』（同上）

南朝梁．劉勰：《文心雕龍》

自宋武愛文，文帝彬雅，秉文之德，孝武多才，英采雲搆。自明帝以下，文理替矣。爾其縉紳之林，霞蔚而飆起；王袁聯宗以龍章，顏、謝重葉以鳳采，何、范、張、沈之徒，亦不可勝也。（《文心雕龍．時序》，范文瀾校注本，台北：明倫出版社）

南朝梁・蕭綱：〈與湘東王書〉

吾既拙於為文，不敢輕有掎摭。但以當世之作，歷方古之才人，遠則揚、馬、曹、王，近則潘、陸、顏、謝，而觀其遣辭用心，了不相似。若以今文為是，則古文為非；若昔賢可稱，則今體宜棄。俱為盍各，則未之敢許。又時有效謝康樂、裴鴻臚文者，亦頗有惑焉。何者？謝客吐言天拔，出於自然，時有不拘，是其糟粕；裴氏乃是良史之才，了無篇什之美。是為學謝則不屆其精華，但得其冗長；師裴則蔑絕其所長，惟得其所短。謝故巧不可階，裴亦質不宜慕。

故胸馳臆斷之侶，好名忘實之類，方分肉於仁獸，逞卻克於邯鄲，入鮑忘臭，效尤致禍。決羽謝生，豈三千之可及；伏膺裴氏，懼兩唐之不傳。（《梁書》卷四九，〈庾肩吾傳〉，台北：藝文印書館）

唐・釋皎然：《詩式》

「文章宗旨」條：康樂公早歲能文，性穎神澈。及通內典，心地更精，故所作詩，發皆造極。得非空王之道助邪？夫文章，天下之公器，安敢私焉？曩者嘗與諸公論康樂為文，直於情性，尚于作用，不顧詞彩，而風流自然。彼清景當中，天地秋色，詩之量也；慶雲從風，舒卷萬狀，詩之變也。不然，何以得其格高，其氣正，其體貞，其貌古，其詞深，其才婉，其德宏，其調逸，其聲諧哉！至如〈述祖德〉一章，〈擬鄴中〉八首，〈經廬陵王墓〉、〈臨池上樓〉，識度高明，蓋詩中之日月也，安可攀援哉？惠休所評「謝詩如芙蓉出水」，斯言頗近矣！故能上躡《風》、《騷》，下超魏、晉。建安製作，其椎輪乎？（何文煥，《歷代詩話》，台北：藝文印書館本，下引同）

唐·李白：〈春夜宴從弟桃花園序〉

陽春召我以烟景，大塊假我以文章。會桃花之芳園，序天倫之樂事。群季俊秀，皆為惠連；吾人詠歌，獨慚康樂。（《李太白全集》卷二七，台北：里仁書局）

唐·杜甫：〈江上值水如海勢聊短述〉

為人性僻耽佳句，語不驚人死不休。老去詩篇渾漫與，春來花鳥莫深愁。新添水檻供垂釣，故著浮槎替入舟。焉得思如陶謝手，令渠述作與同遊。（《分門集注杜工部詩》卷十三；《四部叢刊》影宋本，台北：商務印書館，下引同）

唐·杜甫：〈解悶十二首〉（選一）

陶冶性靈存底物，新詩改罷自長吟。孰知二謝將能事，頗學陰何苦用心。（《分門集注杜工部詩》卷十六）

唐·白居易：〈讀謝靈運詩〉

吾聞達士道，窮通順冥數。通乃朝廷來，窮即江湖去。謝公才廓落，與世不相遇。壯志鬱不用，須有所洩處。洩為山水詩，逸韻諧奇趣。大必籠天海，細不遺草樹。豈惟玩景物，亦欲攄心素。往往即事中，未能忘興諭。因知康樂作，不獨在章句。（《白氏長慶集》卷七；《四部叢刊》影明本，台北：商務印書館）

宋・蘇軾：〈書黃子思詩集後〉

至於詩亦然。蘇、李之天成，曹、劉之自得，陶、謝之超然，蓋亦至矣。（《經進東坡文集事略》卷六十；《四部叢刊》影宋本，台北：商務印書館）

宋・張戒：《歲寒堂詩話》

潘、陸以後，專意詠物，雕鐫刻鏤之工日以增，而詩人之本旨掃地盡矣。謝康樂「池塘生春草」，顏延之「明月照積雪」（案，此亦康樂詩句，此誤），謝玄暉「澄江靜如練」，江文通「日暮碧雲合」，王籍「鳥鳴山更幽」，謝元貞「風定花猶落」，柳惲「亭皋木葉下」，何遜「夜雨滴空堦」，就其一篇之中，稍免雕鐫，粗足意味，便稱佳句，然比之陶阮以前蘇李古詩、曹劉之作，九牛一毛也。（《歲寒堂詩話》卷上；丁福保仲祜編，《歷代詩話續編》，台北：藝文印書館本，下引同）

宋・葉夢得：《石林詩話》

魏晉間人詩，大抵專工一體，如侍宴、從軍之類，故後來相與祖習者，亦但因其所長取之耳。謝靈運〈擬鄴中七子〉與江淹〈雜擬〉是也。（《石林詩話》卷下；何文煥，《歷代詩話》，台北：藝文印書館本，下引同）

古今論詩者多矣，吾獨愛湯惠休稱謝靈運為「初日芙渠」，沈約稱王筠為「彈丸脫手」兩語，最當人意。「初日芙渠」，非人力所為，而精彩華妙之意，自然見於造化之妙，靈運諸詩可以當此者，亦無幾。「彈丸脫手」，雖是輸寫便利，動無留礙，然其精圓快速，發之在手，筠亦未能盡也。然作詩審到此地，豈復更有餘事。（同上）

宋・許顗：《彥周詩話》

宋顏延之問己與靈運優劣于鮑照，照曰：「謝五言如初發芙蓉，自然可愛；君詩（若）鋪錦列繡，亦彫繢滿眼。」此明遠對面褒貶，而人不覺，善論詩也，特出之。（何文煥，《歷代詩話》本）

宋・胡仔：《苕溪漁隱叢話》

苕溪漁隱曰：古今詩人，以詩名世者，或只一句，或只一聯，或只一篇，雖其餘別有好詩，不專在此，然播傳於後世，膾炙於人口者，終不出此矣，豈在多哉？如「池塘生春草」，則謝康樂也；「澄江靜如練」，則謝宣城也；「壠首秋雲飛」，則柳吳興也；「風定花猶落」，則謝元貞也；「鳥鳴山更幽」，則王文海也；「空梁落燕泥」，則薛道衡也；「楓落吳江冷」，則崔信明也；「庭草無人隨意綠」，則王胄也；凡此皆以一句名世者。……（胡仔，《苕溪漁隱叢話》後集卷二，台北：世界書局）

宋・葛立方：《韻語陽秋》

詩人首二謝，而靈運之在永嘉，因夢見惠連，遂有「池塘生春草」之句。玄暉在宣城，因登三山，遂有「澄江靜如練」之句。二公妙處，蓋在於鼻無堊、目無膜爾。鼻無堊，斤將曷運？目無膜，篦將曷施？真所謂混然天成，天球不琢者與？又靈運詩，如「矜名道不足，適己物可忽。」「清暉能娛人，游子澹〔憺〕忘歸。」玄暉詩，如「春草秋更綠，公子未西歸。」「大江流日夜，客心悲未央」等語，皆得《三百五篇》之餘韻，是以古今以為奇作，又曷嘗以難解為工也哉！（《韻語陽秋》卷一，台北：藝文《歷代詩話》本）

謝靈運在永嘉、臨川，作山水詩甚多，往往皆佳句。然其人浮躁不羈，亦何足道哉！方景平天子踐祚，靈運已扇搖異同，非毀執政矣。及文帝召為秘書監，自以名輩應參時政，而王曇首、王華等名位踰之，意既不平，多稱疾不朝，則無君之心已見於此時矣。後以游放無度，為有司所糾，朝廷遣使收之，而靈運有「韓亡子房奮，秦帝魯連恥」之詠，竟不免東市之戮。而白樂天乃謂「謝公才廓落，與世不相遇。壯志鬱不用，須有所洩處。洩為山水詩，逸韻諧奇趣」，何也？武帝、文帝兩朝遇之甚厚，內而卿監，外而二千石，亦不為逢矣，豈可謂與世不相遇乎？少須之，安知不至黃散，而褊躁至是，惜哉！其作〈登石門〉詩云：「心契九秋幹，目翫三春荑。居常以待終，處順故安排。」不知桃墟之洩，能處順乎，五年之禍，能待終邪？亦可謂心語相違矣。（《韻語陽秋》卷八）

宋・嚴羽：《滄浪詩話》

論詩如論禪，漢、魏、晉與盛唐之詩，則第一義也。大歷以還之詩，則小乘禪也，已落第二義矣。晚唐之詩，則聲聞辟支果也。……大抵禪道惟在妙悟，詩道亦在妙悟。且孟襄陽學力下韓退之遠甚，而其詩獨出退之之上者，一味妙悟而已。惟悟乃為當行，乃為本色。然悟有淺深，有分限，有透徹之悟，有但得一知半解之悟。漢魏尚矣，不假悟也。謝靈運至盛唐諸公，透徹之悟也；他雖有悟者，皆非第一義也。（《滄浪詩話・詩辯》；《歷代詩話》台北：藝文本）

漢魏古詩，氣象混沌，難以句摘。晉以還方有佳句，如淵明「採菊東籬下，悠然見南山」，謝靈運「池塘生春草」之類。謝所以不及陶者，康樂之詩精工，淵明之詩質而自然耳。（《滄浪詩話・詩評》，同上）

謝靈運之詩，無一篇不佳。（同上）

金・王若虛：《滹南詩話》

謝靈運夢見惠連而得「池塘生春草」之句，以為神助。《石林詩話》云：「世多不解此語為工，蓋欲以奇求之耳。此語之工，正在無所用意，猝然與景相遇，借以成章，故非常情所能到。」冷齋云：「古人意有所至，則見于情，詩句蓋寓也。謝公平生喜見惠連，而夢中得之，此當論意，不當泥句。」張九成云：「靈運平日好雕鐫，此句得之自然，故以為奇。」田承君云：「蓋是病起忽然見此為可喜而能道之，所以為貴。」予謂天生好語，不待主張，苟為不然，雖百說何益。李元膺以為反覆求之，終不見此句之佳，正與鄙意暗同。蓋謝氏之誇誕，猶存兩晉之遺風，後世惑于其言而不敢非，則宜其委曲之至是也。（《滹南詩話》卷一，丁仲祜，《歷代詩話續編》本）

金・元好問：〈論詩三首〉（選一）

坎井鳴蛙自一天，江山放眼更超然。情知「春草池塘」句，不到柴烟糞火邊。（《遺山先生文集》卷十四，台北：商務《四部叢刊》本）

元・方回：《文選顏鮑謝詩評》

史（云）靈運于永嘉西堂思詩，竟日不就，忽夢見惠連，即得「池塘生春草」，大以為工。常云：此語有神助，非吾語也。按此句之工，不以字眼，不以句律，亦無甚深意奧旨，如古詩及建安諸子「明月照高樓」、「高臺多悲風」，及靈運之「晚（曉）霜楓葉丹」，皆天然混成，學者當以是求之。（《文選顏鮑謝詩評》卷一，《四庫全書》，台北：商務印書館本）

靈運所以可觀者，不在于言景，而在于言情。「慮澹物自輕，意愜理無違」，如此用工，同時諸人皆不能逮也。至其所言之景，如「山水含清暉」、「林壑斂暝色」，及他日「天高秋月明」、「春晚綠野秀」，于細密之中，時出自然，不皆出于織組。顏延年、鮑明遠、沈休文，雖各有所長，不到此地。（同上）

如靈運詩「昏旦變氣候，山水含清暉。清暉能娛人，游子憺忘歸」，天趣流動，言有盡而意無窮。似此之類，恐顏之未敢到也。（同上）

元・楊載：《詩法家數》

詩體《三百篇》，流為《楚詞（辭）》，為樂府，為《古詩十九首》，為蘇、李五言，為建安、黃初，此詩之祖也；《文選》劉琨、阮籍、潘、陸、左、郭、鮑、謝諸詩，《淵明全集》，此詩之宗也；《老杜全集》，詩之大成也。（《詩法家數・總論》；《歷代詩話》，台北：藝文本）

明・李東陽：《麓堂詩話》

古詩與律不同體，必各用其體乃為合格。然律猶可間出古意，古不可涉律。古涉律調，如謝靈運「池塘生春草，紅藥當堦翻」（案：「紅藥當堦翻」乃謝朓〈直中書省〉詩中句，謝靈運應為「園柳變鳴禽」），雖一時傳誦，固已移於流俗而不自覺。（《歷代詩話續編》，台北：藝文本）

明・楊慎：《升庵詩話》

謝靈運詩：「曉聞夕飆急，晚見朝日暾。」此語殊有變互。凡風起必以夕，此云「曉聞夕飆」，即杜子美之「喬木易高風」也。「晚見朝日」，倒景反照也。孟郊詩：「南山塞天地，日月石上生。高峰夕駐景，深谷夜先明。」皆自謝詩翻出。（《升庵詩話》卷十一，《歷代詩話續編》，台北：藝文印書館本）

明・陸時雍：《古詩鏡》

「池塘生春草」，雖屬佳韻，然亦因夢得傳。「林壑斂暝色，雲霞收夕霏」，語饒霽色，稍以椎鍊得之。「白雲抱幽石，綠篠媚清漣」，不琢而工。「皇心美陽澤，萬象咸光昭」，不淘而靜。「杪秋尋遠山，山遠行不近」，不脩而嫵。「猿鳴誠知曙，谷幽光未顯」，「巖下雲方合，花上露猶泫」，不繪而工。此皆有神行乎其間矣。（《古詩鏡・總論》，《四庫全書》台北：商務印書館本）

康樂神工巧鑄，不知有對偶之煩。（同上）

讀謝家詩，知其靈可砭頑，芳可滌穢，清可遠垢，瑩可沁神。（同上）

熟讀靈運詩，能令五衷一洗，白雲綠篠，湛澄趣於清漣。熟讀玄暉詩，能令宿貌一新，紅藥青苔，濯芳姿於春雨。（同上）

詩須觀其自得，陶淵明《飲酒》詩：「一觴雖獨進，杯盡壺自傾。」「提壺挂寒枝，遠望時復為。」又：「昔人既屢空，春興豈自免？」「寒竹被荒蹊，地為罕人遠。」此為悠然樂而自得。謝康樂：「樵隱俱在山，繇來事不同。不同非一事，養痾亦園中。中園屏氛雜，清曠招遠風。」此為曠然遇而無罣。見古人本色，撝拔不煩而至。（同上）

明．王世貞：《藝苑卮言》

謝靈運天質奇麗，運思精鑿，雖格體創變，是潘陸之餘法也，其雅縟乃過之。「清暉能娛人，游子澹〔憺〕忘歸。」寧在「池塘春草」下耶？「挂席拾海月」，事俚而語雅。「天雞弄和風」，景近而趣遙。（《藝苑卮言》卷三，《歷代詩話續編》，台北：藝文印書館本）

謝氏俳之始也，陳及初唐俳之盛也，盛唐俳之極也，六朝不盡俳，乃不自然，盛唐俳殊自然，未可以時代優劣也。（《藝苑卮言》卷四，同上）

謝靈運移籍會稽，修營別業，傍山帶江，盡幽居之美。每一詩至都，貴賤莫不競寫，宿昔之間，士庶皆徧。梁世，南則劉孝綽，北則邢子才，雕蟲之美，獨步一時。每一文出，京師為之紙貴，讀誦俄遍遠近。靈運尤吾所賞，惜其不終，所謂東山志立，當與天下推之，豈唯鼻祖。（《藝苑卮言》卷八，同上）

明．王世懋：《藝圃擷餘》

古詩，兩漢以來，曹子建出而始為宏肆，多生情態，此一變也。自此作者多入史語，然不能入經語。謝靈運出而《易》辭、《莊》語，無所不為用矣。剪裁之妙，千古為宗，又一變也。（《歷代詩話》，台北藝文本）

明・胡應麟：《詩藪》

作詩最忌合掌，近體尤忌，而齊、梁人往往犯之。如以「朝」對「曙」，將「遠」屬「遙」之類。初唐諸子，尚襲此風，推原厲階，實由康樂。沈宋二君，始加洗削，至於盛唐盡矣。（《詩藪》內編卷四，收在吳文治主編《明詩話全編》第五冊，江蘇：古籍出版社）

元亮得步兵之澹，而以趣為宗，故時與靈運合也，而于漢離也。明遠得記室之雄，而以詞為尚，固時與玄暉近也，而去魏遠也。（《詩藪》外編卷二，同上）

太沖以氣勝者也，「振衣千仞岡，濯足萬里流」，至矣，而「豈必絲與竹？山水有清音」，其韻故足賞也，靈運以韻勝者也，「清暉能娛人，游子澹（憺）忘歸。」，至矣，而「百川赴巨海，眾星環北辰」，其氣亦可稱也。（同上）

嗣宗、叔夜，並以放誕名，而阮之識，遠非嵇比也。靈運、延年，並以縱傲名，而顏之識，遠非謝比也。步兵、光祿，身處危地，使馬昭、劉劭信之而不傷。中散、康樂雖有盛名，非若夏侯玄輩為時所急，徒以口舌獲戾，悲夫！（同上）

靖節清而遠，康樂清而麗。（《詩藪》外編卷四，同上）

唐人詩如初發芙蓉，自然可愛。宋人詩如披沙揀金，力多功少。元人詩如鏤金錯采，雕繢滿前。三語本六朝評顏、謝詩，以分隸唐、宋、元人，亦不甚誣枉也。（《詩藪》外編卷六，同上）

清・王夫之：《薑齋詩話》

把定一題、一人、一事、一物，於其上求形模，求比似，求詞采，求故實；如鈍斧子劈櫟柞，皮屑紛霏，何嘗動得一絲紋理？以意為主，勢次之。勢者，意中之神理也。唯謝康樂為能取勢，宛轉屈伸，以求盡其意，意已盡則止，殆無剩語；夭矯連蜷，煙雲繚繞，乃真龍，非畫龍也。（《薑齋詩話》卷下，台北：藝文印書館《清詩話》本）

建立門庭，自建安始。曹子建鋪排整飾，立階級以賺人升堂，用此致諸趨赴之客，容易成名，伸紙揮毫，雷同一律。子桓精思逸韻，以絕人攀躋，故人不樂從，反為所掩。子建以是壓倒阿兄，奪其名譽。……故嗣是而興者，如郭景純、阮嗣宗、謝客、陶公，乃至左太沖、張景陽，皆不屑染指建安之羹鼎，視子建蔑如矣。（同上）

清・王士禎口授、何世　記：《然鐙記聞》

為詩各有體格，不可混一。如說田園之樂，自是陶、韋、摩詰；說山水之勝，自是二謝；若道一種艱苦流離之狀，自然老杜。不可云我學某一家，則無論那一等題，只用此一家風味也。（《清詩話》本，見前）

清・葉燮：《原詩》

《三百篇》一變而為蘇、李，再變而為建安、黃初。建安、黃初之詩，大約敦厚而渾樸，中正而達情；一變而為晉，如陸機之纏綿鋪麗，左思之卓犖磅礡，各不同也。其間屢變而為鮑照之逸俊，謝靈運之警秀，陶潛之澹遠；又如顏延之之藻績，謝朓之高華，……此數子者，各不相師，咸矯然自成一家，不肯沿襲前人以為依傍，蓋自六朝而已然矣。（《原詩》卷一，《清詩話》本，見前）

六朝詩家，惟陶潛、謝靈運、謝朓三人最傑出，可以鼎立。三家之詩不相謀，陶澹遠，謝靈運警秀，朓高華，各闢境界，開生面，其名句無人能道。左思、鮑照次之，思與照亦各自開生面，餘子不能望其肩項。（《原詩》卷四，《清詩話》本，見前）

清・黃子雲：《野鴻詩的》

一曰詩言志，又曰詩以導情性。則情志者，詩之根柢也；景物者，詩之枝葉也。根柢，本也；枝葉，末也。《三百篇》下迄漢、魏、晉，言情之作居多，雖有鳥獸草木，藉以興比，非僅描摹物象而已。迨元嘉時，鮑、謝二公為之倡，風氣一變；嗣後倣效者情景參半，歷梁、陳而專尚月露風雲。及唐初沈、宋諸君子出，相與振興元古，崇尚清真，風氣復一變。沿至「中」、「晚」，又轉為梁、陳矣。宋以後無譏焉。（《清詩話》，台北：藝文本）

康樂於漢、魏外，別開蹊徑，舒情綴景，暢達理旨，三者兼長，洵堪睥睨一世。（同上）

清・李重華：《貞一齋詩說》

謝康樂放情山水，李太白飲酒游仙；拘泥者必曰流連光景，通識者亦曰陶冶性靈。蓋此屬精神所聚，與少陵眷戀朝廷同一轍耳。若曹、阮及陶，則又寄託情深，不容皮相。（《清詩話》，台北：藝文本）

清・施補華：《峴傭說詩》

大謝山水游覽之作，極為巉削可喜。巉削可矯平熟，巉削卻失渾厚。故大謝之詩，勝於陸士衡之平，顏延之之澀；然視左太沖、郭景純已遜自然，何以望子建、嗣宗之項背乎？（《清詩話》本）

清・王士禎：《池北偶談》

汾陽孔文谷（天胤）云：「詩以達性，然須清遠為尚。」薛西原論詩，獨取謝康樂、王摩詰、孟浩然、韋應物，言：「『白雲抱幽石，綠篠媚清漣。』清也。『表靈物莫賞，蘊真誰為傳？』遠也。『何必絲與竹，山水有清音。』（此為左思詩）『景昃鳴禽集，水木湛清華。』（此為謝混詩）清遠兼之也。總其妙在神韻矣。」神韻二字，予向論詩，首為學人拈出，不知先見於此。（《池北偶談・談藝》卷下，神韻，台北：正文書局）

清．宋大樽：《茗香詩論》

遊山水無本，雖模山範水，道不存焉。陶貞白《尋山志》曰：「倦世情之易撓，迺杖策而尋山。」得志者忘形，遺形者神存。元雖遠其必存，累無大而不忘。物我之情雖均，因以濟吾之所尚也。謂萬感其已會，亦千念而必諧；反無形於寂寞，長超忽乎塵埃。既靜且壽，貞白似之。康樂雖有冥會，顧身為車騎將軍之孫，襲封爵，宋受禪復仕。則「倦世情之易撓」者無之，已不及貞白之靜；其不免於見法也，則「反無形於寂寞，長超忽乎塵埃」者無之，亦自賊其壽矣。淵明田園詩之佳，佳於其人之有高趣也。使淵明遊山賦詩，不知又當何如？至宋之詩人，無踰康樂者，遂與陶並稱，幸矣！（《清詩話》本）

清．陳祚明：《采菽堂古詩選》

吾與人共言之，而吾能言人所不能言，夫同于人者貴乎？異乎人者貴乎？子建之感遇，嗣宗之詠懷，元亮之述志，康樂之遊山，子山之傷亂，至矣！亞於《十九首》、漢人樂府者也。（《采菽堂古詩選．凡例》，清康熙年間刊本）

康樂公詩，《詩品》擬以「初日芙蓉」，可謂至矣。而淺夫不識，猶或以聲采求之，即識者謂其聲采自然，如「池塘生春草」等句是耳。乃不知其鍾情幽深，構旨遙遠，以鑿山開道之法，施之慘澹經營之間。細為體味，見其冥會洞神，蹈虛而出，結想無象之初，撰語有形之表。（同上）

康樂情深於山水，故山遊之作彌佳，他或不逮。抑亦登覽所及，吞納眾奇，故詩愈工乎？龍門足迹偏天下，乃能《史記》。子瞻海外之文益奇。善遊者以遊為學可也。（同上）

謝康樂詩，如湛湛江流，源出萬山之中，穿巖激石，瀑掛湍迴，千轉百折，歕為洪濤，及其浩漾澄湖，樹影山光，雲容草色，涵徹洞深。蓋緣派遠流長，時或瀦為小澗，亦復搖曳澄瀠，波蕩不定。（同上）

清・沈得潛：《說詩晬語》

詩至於宋，性情漸隱，聲色大開，詩運一轉關也。康樂神工默運，明遠廉俊無前，允稱二妙。延年聲價雖高，雕鏤太過，不無沉悶；要其厚重處，古意猶存。（《說詩晬語》卷上，《清詩話》台北：藝文本）

游山詩，永嘉山水主靈秀，謝康樂稱之；蜀中山水主險隘，杜工部稱之；永州山水主幽峭，柳儀曹稱之。略一轉移，失卻山水川真面。（《說詩晬語》卷下，《清詩話》本）

清・翁方綱：《五言詩平仄舉偶》

謝詩密麗，其平仄皆於掩映顧盼出之。昔敖臞翁謂如東海揚帆，風日流麗。雖言天藻之工，亦備依永之理。而或者謂為不肖，其亦不知審音者矣。（《清詩話》，台北：藝文本）

清・洪亮吉：《北江詩話》

謝靈運〈山居賦〉，李德裕〈平泉草木記〉，其川壑之美，卉木之奇，可云極一時之盛矣。然轉眼已不能有，尚不如申屠因樹之屋、泉明種柳之宅，轉得長子孫、永年代也。蓋勝地園林，亦如名人書畫，過眼雲煙，未有百年不易主者。是知一賦一記，雖擅美古今，究與昭陵之以法書殉葬、元章之欲抱古帖自沈者，同一不達矣。（《北江詩話》卷六，台北：廣文書局，收在《古今詩話叢編》）

清・方東樹：《昭昧詹言》

謝公蔚然成一祖，衣被萬世，獨有千古，後世不能祧，不敢抗，雖李、杜甚重之，稱為「謝公」，豈假借之哉！且諸謝翼翼，如叔源、宣遠，體格俱相似，而康樂獨稱宗，即惠連固且遜之，政可於此深惟其故。（《昭昧詹言》卷五，台北：廣文書局）

讀謝公能識其經營慘澹，迷悶深苦，而又元氣結撰，斯得之矣。醴陵、空同求之皮外，豈得為能知大謝者哉！（同上）

大約謝公清曠，有似陶公，而氣之騫舉，詞之奔會，造化天全，皆不逮，固由其根底源頭本領不逮矣；而出之以雕縟、堅凝、老重，實能別開一宗。（同上）

謝公思深氣沈，無一字率漫下。學者當先求觀於此。較之退之、山谷尤嚴。此實一大宗門也。（同上）

如康樂乃是學者之詩，無一字無來處率意自撰也，所謂精深；但多正用，則為陳言。退之乃一革之，每用必翻新，而一切作料字面悉洗淨去之，文字一大公案，古今一大變革也。（同上）

謝公每一篇，經營章法，措注虛實，高下淺深，其文法至深，頗不易識。其造句天然渾成，興象不可思議執者，均非他家所及，此所以能成一大宗碩師，百世不祧也。今學謝詩，且當求觀此等處，然余之閱之也，恆昔昭而今昧，故今一一記之。（同上）

謝詩用事，如「樵隱俱在山」，「妙善冀能同」，「亂流趨正絕」，「來人忘新術」，「執戟一以疲」，「和樂隆所缺」，似此凡數百處，暫見似白道，而實皆用典。此是一大法門，古人無不然。當先求觀此等，乃不敢率易下語，有同傖父，牽率驅使故事，寡情不歸。（同上）

七、《宋書・謝靈運傳》（卷六十七、列傳第二十七）

謝靈運，陳郡陽夏人也。祖玄，晉車騎將軍。父瑍，生而不慧，為秘書郎，蚤亡。靈運幼便穎悟，玄甚異之，謂親知曰：「我乃生瑍，瑍那得生靈運！」

靈運少好學，博覽羣書，文章之美，江左莫逮。從叔混特知愛之。襲封康樂公，食邑二千戶。以國公例，除員外散騎侍郎，不就。為琅邪王大司馬行參軍。性奢豪，車服鮮麗，衣裳器物，多改舊制，世共宗之，咸稱謝康樂也。撫軍將軍劉毅鎮姑孰，以為記室參軍。劉毅鎮江陵，又以為衛軍從事中郎。毅伏誅，高祖版為太尉參軍，入為秘書丞，坐事免。

高祖伐長安，驃騎將軍道憐居守，版為諮議參軍，轉中書侍郎，又為世子中軍諮議，黃門侍郎。奉使慰勞高祖於彭城，作〈撰征賦〉。……仍除宋國黃門侍郎，遷相國從事中郎，世子左衛率。坐輒殺門生，免官。高祖受命，降公爵為侯，食邑五百戶。起為散騎常侍，轉太子左衛率。靈運為性褊激，多愆禮度，朝廷唯以文義處之，不以應實相許。自謂才能宜參權要，既不見知，常懷憤憤。廬陵王義真少好文籍，與靈運情款異常。少帝即位，權在大臣，靈運構扇異同，非毀執政，司徒徐羡之等患之，出為永嘉太守。郡有名山水，靈運素所愛好，出守既不得志，遂肆意游遨，徧歷諸縣，動踰旬朔，民間聽訟，不復關懷。所至輒為詩詠，以致其意焉。在郡一周，稱疾去職，從弟晦、曜、弘微等並與書止之，不從。

靈運父祖並葬始寧縣，并有故宅及墅，遂移籍會稽，修營別業，傍山帶江，盡幽居之美。與隱士王弘之、孔淳之等縱放為娛，有終焉之志。每有一詩至都邑，貴賤莫不競寫，宿昔之間，士庶皆徧，遠近欽慕，名動京師，作〈山居賦〉并自注，以言其事……。

太祖登祚，誅徐羨之等，徵為秘書監，再召不起。上使光祿大夫范泰與靈運書，敦獎之，乃出就職。使整理祕閣書，補足闕文。又以晉氏一代，自始至終，竟無一家之史，令靈運撰《晉書》，粗立條流。書竟不就。尋遷侍中，日夕引見，賞遇甚厚。靈運詩書皆兼獨絕，每文竟，手自寫之，文帝稱為二寶。既自以名輩，才能應參時政，初被召，便以此自許，既至，文帝唯以文義見接，每侍上宴，談賞而已。王曇首、王華、殷景仁等，名位素不踰之，並見任遇。靈運意不平，多稱疾不朝直。穿池植援，種竹樹堇，驅課公役，無復期度。出郭游行，或一日百六七十里，經旬不歸，既無表聞，又不請急。上不欲傷大臣，諷旨令自解。靈運乃上表陳疾，上賜假東歸。將行，上書勸伐河北……。

靈運以疾東歸，而遊娛宴集，以夜續晝，復為御史中丞傅隆所奏，坐以免官。是歲，元嘉五年。

靈運既東還，與族弟惠連、東海何長瑜、潁川荀雍、泰山羊璿之，以文章賞會，共為山澤之游，時人謂之四友。惠連幼有才悟而輕薄，不為父方明所知。靈運去永嘉還始寧時，方明為會稽郡。靈運嘗自始寧至會稽造方明，過視惠連，大相知賞。時長瑜教惠連讀書，亦在郡內，靈運又以為絕倫，謂方明曰：「阿連才悟如此，而尊作常兒遇之。何長瑜當今仲宣，而飴以下客之食。尊既不能禮賢，宜以長瑜還靈運。」靈運載之而去。荀雍字道雍，官至員外散騎郎。璿之字曜璠，臨川內史，為司空竟陵王所遇，誕敗坐誅。長瑜文才之美，亞於惠連，雍、璿之不及也。臨川王義慶招集文士，長瑜自國侍郎至平西記室參軍。嘗於江陵寄書與宗人何勗，以韻語序義慶州府僚佐云：「陸展染鬢髮，欲以媚側室。青青不解久，星星行復出。」如此者五六句，而輕薄少年遂演而廣之，凡厥人士，並為題目，皆加劇言苦句，其文流行。義慶大怒，白太祖，除為廣州所統曾城令。及義慶薨，朝士詣第敘哀，何勗謂袁淑曰：「長瑜便可還也。」淑曰：「國新喪宗英，未宜便以流人為念。」廬陵王紹鎮尋陽，以長瑜為南中郎行參軍，掌書記之任。行至板橋，遇暴風溺死。

靈運內因父祖之資，生業甚厚。奴僮既眾，義故門生數百，鑿山浚湖，功役無已。尋山陟嶺，必造幽峻，巖嶂千重，莫不備盡。登躡常著木履（屐），上山則去前齒，下山去其後齒。常自始寧南山伐木開逕，直至臨海，從者數百人。臨海太守王琇驚駭，謂為山賊，徐知是靈運，乃安。又要琇更進，琇不肯，靈運贈琇詩云：「邦君難地嶮，旅客易山行。」在會稽亦多徒眾，驚動縣邑。太守孟顗事佛精懇，而為靈運所輕，嘗謂顗曰：「得道應須慧業，丈人生天當在靈運前，成佛必在靈運後。」顗深恨此言。

會稽東郭有回踵湖，靈運求決以為田，太祖令州郡履行。此湖去郭近，水物所出，百姓惜之，顗堅執不與。靈運既不得回踵，又求始寧岯崲湖為田，顗又固執。靈運謂顗非存利民，正慮決湖多害生命，言論毀傷之，與顗遂構讎隙。因靈運橫恣，百姓驚擾，乃表其異志，發兵自防，露板上言。靈運馳出京都，詣闕上表……。

太祖知其見誣，不罪也。不欲使東歸，以為臨川內史，加秩中二千石。在郡遊放，不異永嘉，為有司所糾。司徒遣使隨州從事鄭望生收靈運，靈運執錄望生，興兵叛逸，遂有逆志，為詩曰：「韓亡子房奮，秦帝魯連恥。本自江海人，忠義感君子。」追討禽（擒）之，送廷尉治罪。廷尉奏靈運率部眾反叛，論正斬刑，上愛其才，欲免官而已，彭城王義康堅執謂不宜恕，乃詔曰：「靈運罪釁峠累仍，誠合盡法。但謝玄勳參微管，宜宥及後嗣，可降死一等，徙付廣州。」

其後秦郡府將宋齊受使涂口，行達桃墟村，見有七人下路聚語，疑非常人，還告郡縣，遣兵隨齊掩討，遂共格戰，悉禽（擒）付獄。其一人姓趙名欽，山陽縣人，云：「同村薛道雙先與謝康樂共事，以去九月初，道雙因同村成國報欽云：『先作臨川郡、犯事徙送廣州，給錢令買弓箭刀楯等物，使道雙要合鄉里健兒，於三江口篡取謝。若得勝，如意之後，功勞是同。』遂合部黨要謝，不及。既還飢饉，緣路為劫盜。」有司又奏依法收治，太祖詔於廣州行棄市刑。臨死作詩曰：「龔勝無餘生，李業有終盡。嵇公理既迫，霍生命亦殞。悽悽凌霜葉，網網衝風菌。邂逅竟幾何，修短非所愍。送心自覺前，斯痛久已忍。恨我君子志，不獲巖上泯。」詩所稱龔勝、李業，猶前詩子房、魯連之意也。時元嘉十年，年四十九。所著文章傳於世。子鳳，蚤卒。

史臣曰：民稟天地之靈，含五常之德，剛柔迭用，喜慍分情。夫志動於中，則歌詠外發。六義所因，四始攸繫，升降謳謠，紛披風什。雖虞夏以前，遺文不覩，稟氣懷靈，理無或異。然則歌詠所興，宜自生民始也。周室既衰，風流彌著，屈平、宋玉，導清源於前，賈誼、相如，振芳塵於後，英辭潤金石，高義薄雲天。自茲以降，情志愈廣。王褒、劉向、揚、班、崔、蔡之徒，異軌同奔，遞相師祖。雖清辭麗曲，時發乎篇，而蕪音累氣，固亦多矣。若夫平子艷發，文以情變，絕唱高蹤，久無嗣響。至于建安，曹氏基命，二祖陳王，咸蓄盛藻，甫乃以情緯文，以文被質。自漢至魏，四百餘年，辭人才子，文體三變。相如巧為形似之言，班固長於情理之說，子建、仲宣以氣質為體，並標能擅美，獨映當時。是以一世之士，各相慕習，原其飈流所始，莫不同祖《風》、《騷》。徒以賞好異情，故意製相詭。降及元康，潘、陸特秀，律異班、賈，體變曹、王，縟音星稠，繁文綺合。綴平臺之逸響，採南皮之高韻，遺風餘烈，事極江右。有晉中興，玄風獨扇，為學窮於柱下，博物止乎七篇，馳騁文辭，義殫乎此。自建武暨乎義熙，歷載將百，雖綴響聯辭，波屬雲委，莫不寄言上德，託意玄珠，遒麗之辭，無聞焉爾。

仲文始革孫、許之風，叔源大變太元之氣。爰逮宋氏，顏、謝騰聲。靈運之興會標舉，延年之體裁明密，並方軌前秀，垂範後昆。若夫敷衽論心，商榷前藻，工拙之數，如有可言。夫五色相宣，八音協暢，由乎玄黃律呂，各適物宜。欲使宮羽相變，低昂互節，若前有浮聲，則後須切響。一簡之內，音韻盡殊，兩句之中，輕重悉異。妙達此旨，始可言文。至於先士茂製，諷高歷賞，子建函京之作，仲宣霸岸之篇，子荊零雨之章，正長朔風之句，並直舉胸情，非傍詩史，正以音律調韻，取高前式。自《騷》人以來，多歷年代，雖文體稍精，而此祕未覩。至於高言妙句，音韻天成，皆闇與理合，匪由思致。張、蔡、曹、王，曾無先覺，潘、陸、謝、顏，去之彌遠。世之知言者，有以得之，知此言之非謬。如曰不然，請俟來哲。

八、參考書目

壹、有關陶謝專書、專注

（一）李公煥，《箋注陶淵明集》，國立中央圖書館
（二）陶澍，《陶靖節全集注》，世界書局
（三）古直，《陶靖節詩箋》，廣文書局
（四）丁福保，《陶淵明詩箋注》，藝文印書館
（五）王叔岷，《陶淵明詩箋證稿》，藝文印書館
（六）袁行霈，《陶淵明集箋注》，北京：中華書局
（七）龔斌校箋，《陶淵明集校箋》，上海：古籍出版社
（八）逯欽立，《陶淵明》，收在《先秦漢魏晉南北朝詩》，學海出版社
（九）溫汝能，《陶詩彙評》，新文豐出版社
（十）梁啟超，《梁淵明》，台灣商務印書館
（十一）葉嘉瑩，《陶淵明飲酒詩講錄》，桂冠圖書
（十二）北京大學中文系，《陶淵明資料彙編》，中華書局
（十三）錢玉峯，《陶詩繫年》，台灣中華書局

（十四）劉中文，《唐代陶詩接受研究》，北京：中國社會科學出版社
（十五）陳應鸞，《詩味論》，巴蜀書社
（十六）沈啟原刻，《謝康樂詩集》，上海：古籍出版社據明萬曆十一年本
（十七）黃節註，《謝康樂詩注》，藝文印書館
（十八）李運富，《謝靈運集》，岳麓書社
（十九）林文月，《謝靈運》，國家出版社
（二十）顧紹伯，《謝靈運集校注》，里仁書局
（二十一）孫克寬，《詩文述評》（謝靈運詩述評），廣文書局
（二十二）王建生，《古典詩選及評注》，文津出版社
（二十三）王建生，《簡明中國詩歌史》，文津出版社

貳、其他相關參考書

（一）《尚書》，台灣商務四部叢刊
（二）《毛詩》，台灣商務四部叢刊
（三）屈萬里，《詩經詮釋》，聯經出版社
（四）孫詒讓，《墨子閒詁》世界書局
（五）《禮記》，台灣商務四部叢刊

（六）洪興祖，《楚辭補註》，藝文印書館
（七）《春秋經傳集解》，商務四部叢刊
（八）司馬遷，《史記》，藝文印書館
（九）班固，《漢書》（王先謙補註），藝文印書館
（十）許慎，《說文解字》（段注），藝文印書館
（十一）劉向，《列女傳》，台灣商務印書館
（十二）范曄，《後漢書》（王先謙集解），藝文印書館
（十三）《晉書》（吳士鑑、劉承幹同注），藝文印書館
（十四）王叔岷撰，《列仙傳校箋》，中研究文哲所專刊
（十五）李延壽，《南史》，藝文印書館據武英殿本影本
（十六）沈約，《宋書》，藝文印書館據武英殿本影本
（十七）姚思廉，《梁書》藝文印書館據武英殿本影本
（十八）皇甫謐，《高士傳》，藝文印書館
（十九）劉寶楠，《論語正義》，收在《新編諸子集成》，世界書局
（二十）焦循、焦琥，《孟子正義》，收在《新編諸子集成》，世界書局
（二十一）郭慶藩，《莊子集釋》，收在《新編諸子集成》，世界書局
（二十二）王先謙，《荀子集解》，收在《新編諸子集成》，世界書局

（二十三）王先慎，《韓非子集解》，收在《新編諸子集成》，世界書局
（二十四）張湛，《列子注》，收在《新編諸子集成》，世界書局
（二十五）郭璞註，《山海經》，台灣商務四部叢刊
（二十六）倪泰一、錢發平編譯，《山海經・白話全彩圖本》，重慶出版社
（二十七）郭璞註，《穆天子傳》，台灣商務四部叢刊
（二十八）畢沅，《呂氏春秋新校正》，收在《新編諸子集成》，世界書局
（二十九）高誘，《淮南子注》，收在《新編諸子集成》，世界書局
（三　十）李昉，《太平御覽》，明倫出版社
（三十一）曹植，《曹子建集》，商務四部叢刊
（三十二）黃節注，《曹子建詩注》，藝文印書館
（三十三）黃節注，《阮步兵詠懷詩注》，藝文印書館
（三十四）昭明太子，《昭明文選》，台灣商務四部叢刊
（三十五）李白，《李太白全集》，台灣商務四部叢刊
（三十六）李白，《李太白全集》台北里仁書局
（三十七）杜甫，《分門集注杜工部詩》，台灣商務四部叢刊
（三十八）白居易，《白氏長慶集》，台灣商務四部叢刊
（三十九）逯欽立，《先秦漢魏晉南北朝詩》卷十六、十七，《陶淵明集》學海出版社

（四　十）劉勰，《文心雕龍》，范文瀾校注本，台北：明倫出版社
（四十一）鍾嶸，《詩品》，收在何文煥《歷代詩話》，台北：藝文印書館
（四十二）李昉等編修，《太平御覽》，明倫出版社
（四十三）吳師道，《吳禮部詩話》，收在《歷代詩話》，藝文印書館
（四十四）沈德潛，《古詩源》，浙江：古籍出版社
（四十五）張戒，《歲寒堂詩話》，收在丁仲祜《歷代詩話續編》，台北：藝文印書館
（四十六）葉夢得，《石林詩話》，收在何文煥《歷代詩話》，台北：藝文印書館
（四十七）許顗，《彥周詩話》，收在何文煥《歷代詩話》，台北：藝文印書館
（四十八）胡仔，《苕溪漁隱叢話》，台北：世界書局
（四十九）葛立方，《韻語陽秋》，收在何文煥《歷代詩話》，台北：藝文印書館
（五　十）嚴羽，《滄浪詩話》，收在何文煥《歷代詩話》，台北：藝文印書館
（五十一）王若虛，《滹南詩話》，收在丁仲祜《歷代詩話續編》，台北：藝文印書館
（五十二）方回，《文選顏鮑謝詩評》，收在《四庫全書》，台北：商務印書館
（五十三）楊載，《詩法家數》，收在何文煥《歷代詩話》，台北：藝文印書館
（五十四）李東陽，《麓堂詩話》，收在丁仲祜《歷代詩話續編》，台北：藝文印書館
（五十五）楊慎，《升庵詩話》，收在丁仲祜《歷代詩話續編》，台北：藝文印書館

（五十六）陸時雍，《古詩鏡》，《四庫全書》本，台北：商務。亦參吳文治《明詩話全編》本，江蘇：古籍出版社
（五十七）王世貞，《藝苑卮言》，收在丁仲祜《歷代詩話續編》，台北：藝文印書館
（五十八）王世懋，《藝圃擷餘》，收在何文煥《歷代詩話》，台北：藝文印書館
（五十九）胡應麟，《詩藪》，收在吳文治《明詩話全編》，江蘇：古籍出版社
（六　十）王夫之，《薑齋詩話》，收在丁仲祜《清詩話》本，台北：藝文印書館
（六十一）葉燮，《原詩》，收在丁仲祜《清詩話》本，台北：藝文印書館
（六十二）王士禎，《池北偶談》，台北：正文書局
（六十三）李貞華，《貞一齋詩話》，收在丁仲祜《清詩話》本，台北：藝文印書館
（六十四）施補華，《峴傭說詩》，收在丁仲祜《清詩話》本，台北：藝文印書館
（六十五）宋大樽，《茗香詩論》，收在丁仲祜《清詩話》本，台北：藝文印書館
（六十六）陳祚明，《采菽堂古詩選》，收在《續修四庫全書》，上海：古籍出板社
（六十七）沈德潛，《說詩晬語》，收在丁仲祜《清詩話》本，台北：藝文印書館
（六十八）翁方綱，《五言詩平仄舉偶》，收在丁仲祜《清詩話》本，台北藝文印書館
（六十九）洪亮吉，《北江詩話》，廣文書局
（七　十）方東樹，《昭味詹言》，廣文書局
（七十一）黃子雲，《野鴻詩的》，木鐸出版社

九、本書作者著作目錄表

（一）、論著

書名	出版地	出版社	出版時間	頁數	備註
1《說文解字》中的古文究	台中	手抄本	民國 59 年 6 月	271 頁	
2 袁枚的文學批評	台中	手抄本	民國 62 年 6 月	568 頁	
3 鄭板橋研究	台中	曾文出版社	民國 65 年 11 月	212 頁	
4 吳梅村研究	台中	曾文出版社	民國 70 年 4 月	377 頁	
5 趙甌北研究（上、下）	台北	台灣學生書局	民國 77 年 7 月	864 頁	
6 蔣心餘研究（上、中、下）	台北	台灣學生書局	民國 85 年 10 月	1305 頁	
7 增訂本鄭板橋研究	台北	文津出版社	民國 88 年 8 月	312 頁	
8 增訂本吳梅村研究	台北	文津出版社	民國 89 年 6 月	418 頁	
9 袁枚的文學批評（增訂本）	台北	聖環圖書公司	民國 90 年 12 月	490 頁	
10 古典詩選及評注	台北	文津出版社	民國 92 年 8	473 頁	
11 簡明中國詩歌史	台北	文津出版社	民國 93 年 9 月	341 頁	

12 《隨園詩話》中所提及清代人物案引	台北	文津出版社	民國 94 年 7 月	223 頁	
13 清代詩文理論研究	台北	秀威資訊	民國 96 年 2 月	246 頁	
14 陶謝詩選評注	台北	秀威資訊	民國 97 年 8 月	約 226 頁	
15 韓柳文選評注	台北	文津出版社	民國 97 年 9 月	314 頁	
16 歐蘇文選評注	台北	文津出版社	民國 98 年 2 月	約 400 頁	

（二）合集

書名	出版地	出版社	出版時間	頁數	備註
1 王建生詩文集	台中	自刊本	民國 79 年 7 月	168 頁	
2 建生文藝散論	台北	桂冠圖書公司	民國 82 年 3 月	254 頁	
3 心靈之美	台北	桂冠圖書公司	民國 89 年 11 月	208 頁	
4 山濤集	台北	聯合文學	民國 94 年 8 月	206 頁	

（三）詩集

書名	出版地	出版社	出版時間	頁數	備註
1 建生詩稿初集	台中	自刊本	民國 81 年 11 月	70 頁	270 首

2 涌泉集	台中	自刊本	民國 90 年 3 月	145 頁	310 首
3 題畫詩（丙戌至戊子，部分）	台中	手抄本	民國 97 年 8 月	210 首（上下冊）	

（四）畫集

書名	出版地	出版社	出版時間	頁數	備註
1 消暑小集（畫冊）	台中	台中養心齋	民國 95 年 9 月 長卷軸	頁 2（上下卷）	

（五）單篇學術論文、文藝創作作品、展演

著作篇名	出版書籍、期刊名稱及展演地點	卷期、頁數	出版年月（民國）
1 鄭板橋生平考釋	東海學報	17 卷頁 75 至 92	65 年 8 月
2 吳梅村交遊考	東海學報	20 卷頁 83 至 101	68 年 6 月
3 吳梅村的生平	東海中文學報	第二期頁 177 至 192	70 年 4 月
4 屈原的「存君興國信念」與忠怨之辭	遠太人	15 期頁 53 至 54	73 年 12 月

5 淺論我個人對文藝建設的新構想	東海文藝季刊	16 期頁 1 至 5	74 年 6 月
6 談文學的進化論	東海文藝季刊	17 期頁 3 至 8	74 年 9 月
7 淺談文學的多元論	東海文藝季刊	20 期頁 6 至 8	75 年 6 月
8 談文學的波動說	東海文藝季刊	24 期頁 1 至 14	76 年 6 月
9「性靈說」的意義	東海文藝季刊	25 期頁 2 至 7	76 年 9 月
10 清代的文學與批評環境	東海文藝季刊	26 期頁 3 至 27	76 年 12 月
11 與青年朋友談文藝—須有「個性」	東海文藝季刊	27 期頁 18 至 21	77 年 3 月
12 與青年朋友談文藝—須有「真」「趣」	東海文藝季刊	`33 期頁 7 至 11	77 年 6 月
13 從文藝創作獎談文藝創作論	東海文藝季刊	28 期頁 2 至 11	77 年 6 月
14 趙甌北的文學批評—論李白	中國文化月刊	104 期頁 32 至 47	77 年 6 月
15 趙甌北的史學成就	東海學報	29 卷頁 39 至 53	77 年 6 月
16 趙甌北的文學批評—論杜甫	中國文化月刊	105 期頁 32 至 41	77 年 7 月
17 趙甌北交遊	東海中文學報	8 期頁 19 至 66	77 年 6 月
18 趙甌北的文學批評—論韓愈	中國文化月刊	106 期頁 36 至 44	77 年 6 月

33 唐代詩歌（三）	中國文化月刊	126 期頁 83 至 108	79 年 4 月
34 宋代詩歌（上）	中國文化月刊	128 期頁 59 至 81	79 年 6 月
35 宋代詩歌（下）	中國文化月刊	129 期頁 66 至 80	79 年 7 月
36 中國散文史	東海中文學報	9 期頁 33 至 96	79 年 7 月
37 金元詩歌	中國文化月刊	130 期頁 71 至 80	79 年 8 月
38 明代詩歌	中國文化月刊	131 期頁 54 至 73	79 年 9 月
39 清代詩歌（上）	中國文化月刊	132 期頁 68 至 78	79 年 10 月
40 清代詩歌（下）	中國文化月刊	133 期頁 44 至 62	79 年 11 月
41 歲暮詠四君子（古詩）	東海校刊	238 期	79 年 12 月
42 東坡傳	中國文化月刊	135 期頁 36 至 56	80 年 1 月
43 歐陽修傳	中國文化月刊	138 期頁 43 至 62	80 年 4 月
44 慶祝開國八十年（古詩）	實踐月刊	816 期頁 12	80 年 5 月
45 應東海大學書法社國畫社邀請參加師生聯展（展出書法）	在東海大學課外活動心展出	80 年 12 月	
46 題畫詩（八十二首，自題所作水墨畫）	中國文化月刊	152 期頁 87 至 97	81 年 6 月

編號	題目	刊物／展出處	頁數	日期
47	應中國當代大專教授聯誼會邀請聯展（展出書畫）	在台中文化中心文英館展出		82年1月
48	應台灣省中國書畫學會邀請聯展（展出書畫）	在台中文化中心文英館展出		82年1月
49	蔣心餘文學述評——藏園九種曲（一）	中國文化月刊	160期頁62至82	82年2月
50	題畫詩（有畫作）	東海文學	38期頁37至38	82年6月
51	應中國當代大專書畫教授聯展作品刊出	中國當代大專書畫教授聯展選集	頁15	82年7月
52	蔣心餘文學述評——藏園九種曲（二）	中國文化月刊	166期頁91至110	82年8月
53	刊出行書中部五縣市書法比賽入選作品	台灣省中國書畫學會會員作品專輯	頁35	82年
54	評「李可染畫論」	書評（雙月刊）	8期頁3至5	83年2月
55	蔣心餘文學述評—藏園九種曲（三）	中國文化月刊	173期頁75至91	83年2月

56 蔣心餘文學述評——藏園九種曲（四）	中國文化月刊	177 期頁 95 至 118	83 年 7 月
57 蔣心餘與袁枚、趙翼及江西文人之交遊	東海中文學報	11 期頁 11 至 29	83 年 12 月
58 也談玉璧	中國文化月刊	194 期頁 121 至 128	84 年 12 月
59 談玉圭	中國文化月刊	198 期頁 114 至 127	85 年 4 月
60 應中國當代書畫聯誼邀請「傑出書畫名家聯展」（展出水墨畫）	在美國洛杉磯展出	85 年 10 月	
61 應兩岸書畫交流暨台灣區國畫創作比賽聯展（展出水墨畫）	在台中市文英館展出	聯展作品于 85 年 12 月 31 日出版	86 年 1 月
62 清代文學家蔣士銓	書和人	823 期	86 年 4 月 19 日
63 神韻說的意義	中國文化月刊	220 期頁 62 至 67	87 年 7 月
64 肌理說的意義	中國文化月刊	221 期頁 46 至 48	87 年 8 月
65 憶江師舉謙	東海大學校刊	7 卷 1 期	88 年 3 月 10 日
66 憶江師舉謙	東海校友雙月刊	207 期	88 年 3 月
67 參加「台灣文學望鄉路」現場詩創	台中文化中心	88 年 4 月	

68	懷念老友松齡兄	東海大學校刊　7卷3期	88年5月
69	台灣省中國書畫學會會員聯展	台中市文化中心第三、四展覽室	88年11月20日至12月2日
70	揚州八怪的鄭板橋	書和人　910期	89年9月16日
71	韓愈的生平 柳宗元的生平	未刊稿（後收在《山濤集》）　頁80至113	88年8月
72	方師母張慜言女士	《憶方師母》紀念文集頁152	90年6月
73	捐出書畫、參與財團法人華濟文教基金會舉辦「關懷心，濟世情」書畫義賣會	地點：嘉義華濟醫院　90年8、9月	
74	參與台灣省中國書畫學會聯展	台中市文化中心文英館	90年12月15至20日
75	參加台灣省中國書畫學會聯展	彰化社教館	91年11月
76	參加台灣省中國書畫學會聯展	台中市文化中心文英館	92年8月23至9月4日
77	應台中科博館邀請演講〈菊花與文學〉	台中科博館	92年11月

78	〈菊花與文學〉	東海文學	第55期83-87頁	93年6月
79	〈從《興懷集》、《獨往集》看蕭繼宗先生生平與人格思想〉	緬懷與傳承—東海中文系五十年學術研討會	頁93-123	94年10月
80	參加台灣省中國書畫學會書畫聯展主題畫廊	台中市文化中心文英館		94年10月1日~12日
81	應邀北京大學中文系演講，題目：乾隆三大家：袁枚、趙翼、蔣士銓	北京大學中文系		95年4年
82	參加第九屆東亞（台灣、韓國、日本）詩書展	台中市文化中心	收在《作品集》31~32頁	95年5月
83	〈從《興懷集》、《獨往集》看蕭繼宗先生生平與人格思想〉	東海中文學報	18期頁131~162	95年7月
84	參加台灣省中國書畫學會書畫聯展	台中市稅捐處畫廊		95年10月
85	〈袁枚、趙翼、蔣士銓三家同題詩比較研究〉	東海大學中文系教師論文發表會	42頁	95年11月

86 大雪山一日遊—中文系系友會紀實	東海人季刊	第六期第二版	96 年 5 月 20 日
87 參加 2007 台灣省中國書畫學會會員聯展	台中市文化局文英館主題畫廊	有《作品集》刊出	96 年 7 月 14 日至 7 月 26 日
88 〈袁枚、趙翼、蔣士銓三家同題詩比較研究	東海中文學報第 19 期	頁 139~194	96 年 7 月
89 接受《東海文學》專訪，題目：〈他的專情專心與專一〉	東海文學	第 58 期頁 53~59	96 年 6 月
90 兩岸大學生長江三角洲考察活動參訪紀實	東海校訊	131 期第 3 版	96 年 10 月 31 日

（六）主編書籍

書名	出版地	出版社	出版時間	頁數	備註
1 東海文藝季刊創刊號至 32 期	台中	東海大學	民國 70 年~78 年	每期各約 200 頁	
2 戰後初期台灣文學與思潮論文集	台北	文津出版社	民國 94 年 1 月	728 頁	與洪銘水先生合編

3 尺牘珍寶	台中	自刊本	民國 94 年 5 月	32 頁	
4 2004 年文字學學術研討會論文集	台北	里仁書局	民國 94 年 11 月	313 頁	與朱岐祥先生合編
5 花園莊東地甲骨論著	台北	聖環圖書公司	民國 95 年 7 月	426 頁	與朱岐祥先生合編
6 東海大學中文學報第十八期	台北	聖環圖書公司	民國 95 年 7 月	275 頁	
7 2005 年文史哲中西文化專刊	台北	文津出版社	民國 95 年 9 月 284		與丘為君謝仲明先生合編
8 緬懷與傳承—東海中文系五十週年學術傳承研討會論文集	台北	文津出版社	民國 96 年 12 月	476 頁	

國家圖書館出版品預行編目

陶謝詩選評注 / 王建生著. -- 一版. -- 臺北
市 : 秀威資訊科技, 2008.09
面 ;　公分. -- (語言文學類 ; AG0093)
BOD 版
參考書目 : 面
ISBN 978-986-221-074-1 (平裝)

1. (晉)陶淵明　2. (南北朝)謝靈運　3. 山水詩
4. 詩評　5. 傳記

851.432　97017514

語言文學類　AG0093

陶謝詩選評注

作　　者 / 王建生
發 行 人 / 宋政坤
執行編輯 / 詹靚秋
圖文排版 / 黃莉珊
封面設計 / 李孟瑾
數位轉譯 / 徐真玉　沈裕閔
圖書銷售 / 林怡君
法律顧問 / 毛國樑　律師
出版印製 / 秀威資訊科技股份有限公司
台北市內湖區瑞光路 583 巷 25 號 1 樓
電話 : 02-2657-9211　傳真 : 02-2657-9106
E-mail : service@showwe.com.tw
經 銷 商 / 紅螞蟻圖書有限公司
台北市內湖區舊宗路二段 121 巷 28、32 號 4 樓
電話 : 02-2795-3656　傳真 : 02-2795-4100
http://www.e-redant.com

2008 年 9 月 BOD 一版
定價 : 270 元

讀　者　回　函　卡

感謝您購買本書，為提升服務品質，煩請填寫以下問卷，收到您的寶貴意見後，我們會仔細收藏記錄並回贈紀念品，謝謝！

1.您購買的書名：________________

2.您從何得知本書的消息？

☐網路書店　☐部落格　☐資料庫搜尋　☐書訊　☐電子報　☐書店

☐平面媒體　☐ 朋友推薦　☐網站推薦　☐其他________

3.您對本書的評價：(請填代號　1.非常滿意 2.滿意 3.尚可 4.再改進)

封面設計____　版面編排____　內容____　文/譯筆____　價格____

4.讀完書後您覺得：

☐很有收獲　☐有收獲　☐收獲不多　☐沒收獲

5.您會推薦本書給朋友嗎？

☐會　☐不會，為什麼？________________

6.其他寶貴的意見：________________

____

____

____

讀者基本資料

姓名：________________　年齡：______　性別：☐女　☐男

聯絡電話：________________　E-mail：________________

地址：________________________________

學歷：☐高中(含)以下　☐高中　☐專科學校　☐大學

☐研究所(含)以上　☐其他________

職業：☐製造業　☐金融業　☐資訊業　☐軍警　☐傳播業　☐自由業

☐服務業　☐公務員　☐教職　☐學生　☐其他________

請貼
郵票

To：114

台北市內湖區瑞光路 583 巷 25 號 1 樓

秀威資訊科技股份有限公司　　　收

寄件人姓名：

寄件人地址：□□□

(請沿線對摺寄回,謝謝!)